《我们共同走过》丛书 陆

北京大学产业与文化研究所“2017 公益课题”

恪守初心

为了自己而远行

郭梓林 / 著

當代中國出版社
Contemporary China Publishing House

2017 年 · 北京

图书在版编目(CIP)数据

恪守初心：为了自己而远行 / 郭梓林著. -- 北京：当代中国出版社，2017. 9
（我们共同走过）
ISBN 978-7-5154-0801-9

Ⅰ. ①恪… Ⅱ. ①郭… Ⅲ. ①随笔—作品集—中国—当代②诗词—作品集—中国—当代 Ⅳ. ①I217.2

中国版本图书馆 CIP 数据核字(2017)第 199555 号

出 版 人　曹宏举
责任编辑　袁又文　张　瑞
责任校对　康　莹
装帧设计　姚　洁
出版发行　当代中国出版社
地　　址　北京市地安门西大街旌勇里 8 号
网　　址　http://www.ddzg.net　邮箱：ddzgcbs@sina.com
邮政编码　100009
编 辑 部　(010)66572264　66572154　66572132　66572180
市 场 部　(010)66572281　66572161　66572157　83221785
印　　刷　北京润田金辉印刷有限公司
开　　本　640 毫米×960 毫米　1/16
印　　张　15.25 印张　1 插页　179 千字
版　　次　2017 年 9 月第 1 版
印　　次　2017 年 9 月第 1 次印刷
定　　价　39.00 元

目录

代序

北大，我们共同的承担*

首先，非常感谢冯科教授第二次邀请我参加这样的活动。祝贺你们在冯科教授的旗下，各自完成了自己的硕士或博士学业，即将走向人生新的旅程。

明天是7月4日，冯科教授的生日。有这样一句话：“每一片雪花，都不会落错地方。”这个人，怎么会出生在7月4日呢？除了父母的因缘际会，或许还因为，是老天爷想要让他本人更容易记住这个日子。第一，7月4日这天正好处于北大的毕业季，他的学生们都是在7月4日的前后从北京大学的校园走向社会、走向世界。有了学生们的提醒，他一定不会忘记自己的生日。第二，7月4日是美国的独立日。试想，一位中国的大学教授，他的生日恰巧跟另外一个世界大国的国庆日在同一天，他一定会得到某种心理暗示，从而在

* 2017年7月3日，作者参加北京大学冯科教授的博士、硕士研究生毕业谢师晚宴，席间应邀作了即兴演讲。本文根据录音整理稿扩充而成。

看问题的时候，会有更多合作、竞争和构建人类命运共同体这样的全球眼光。有了这种眼光，他就不仅仅是一个北大人，不仅仅是一个中国人，更是一位作为世界公民的地球人。正是基于这两点，我想，凡是冯科教授的学生，人生中能够拥有和他在一起生活学习的一段美好时光，这就是一份很大的荣幸。所以，今晚大家能够相聚在这里，正应了前面的那句话："每一片雪花，都不会落错地方。"

冯科教授今晚邀我来，与大家在此相聚，我这片雪花也没落错地方，至少有两个因缘。

第一，我从 2003 年开始进入北大，担任北京大学历史文化资源研究所副所长，两年后在经济学院创办了北京大学产业与文化研究所，至今已经在未名湖"浸泡"了 14 年。所以，我们今天的相聚，是因为大家共同拥有一个很重要的情结——北大人。

第二，冯科教授为什么邀请我这样一个 60 岁的人，和一群 20 多岁的人在一起相聚呢？因为我们都共同面临人生的一个新的开始。你们毕业了，从此，人生带着北大人的光环，走向新的历程。而我却应了那句话："人生 60 岁才开始"。

为什么人到 60 岁才开始呢？因为，无论科技怎么高速发展，日新月异也好，一日千里也好，但有一样东西的进步和进化非常缓慢，这就是人文。甚至人类发展的特定历史时期，还会出现文明的倒退甚至是严重倒退的现象。往往每一丁点进步就如针挑土，而倒退则像水推沙。用佛家的话说，叫作"刚强难化，退转连绵"。所以，历史总是在重复，只是每一次换了不同的包装而已。在探寻并推进人文精神进步这条道路上，我们每一个人，如果可以用60年的时间，找到一种能够让自己坚定持守的东西，或者说达到“五十知天命，六十耳顺”的生命状态的话，似乎与科学知识和科技进步没有多大关系。有一天，当你们也60岁的时候，回想今天晚上我说的某一句话，你们或许会明白我在说什么，会更加深刻地悟到：今天晚上的每一片雪花，不管从哪里飞来，落在这里，都是老天爷最好的安排。

北京大学是全世界最好（不是之一）的大学。因为：

没有一所大学，能够像北京大学一样，在一百多年中，一直承载着几十亿人的精神向往和追求。

没有一所大学，能够像北京大学一样，走出一代人，直接改变了一个世界人口最多的国家，并影响了20世纪和21世纪整个世界的格局。

没有一所大学，能够像北京大学一样，成为一个民族追求“独立之精神，自由之思想”的圣殿。

没有一所大学，能够像北京大学一样，以其“学术自由，兼容并包”理念，而成为每一个与之有缘的梦想者的天堂。

正是这样一所大学，让每一个与之有缘的人，都被架在这口锅上“烤”。在你考上北大和从北大毕业的时候，那种从各个方面投来的赞誉和羡慕无论多么美妙，那种由衷的喜悦心情无论多么真实而强烈，很快都会过去，这似乎有一点残酷。而当周围的人为你喝完彩之后，你有没有想过：20年以后、40年以后，你是否还可以自豪地跟身边的人说：“我是北大人。”那时，你心中有多少底气或者勇气，说自己无愧于这个称谓？这样一个情结，与任何人都没有关系，只是与你自己有关，它会伴随你走过一生。

蔡元培先生说：“诸君须抱定宗旨，为求学而来。入法科者，非为做官；入商科者，非为致富。”当然，北大人不是不可以做官，不是不可以致富，只是当官不为发财，致富不止于物质享受。尤其是在座的各位，都是学金融财经的，未来的成就，难免会与在市场中打拼并合法安全地获得相应的物质财富相关联，但北大人从来就不以个人拥有多少财富为标榜的尺度，因为拥有财富只是手段，而且都会过去，能够留下并值得传承的是人文精神。刚才冯科教授也说了：“当我们有了钱之后，不能成为猪。即使是猪——我就是属猪的——也要当一只有思想的猪！”真是醍醐灌顶，鞭辟入里。其实，早在18世纪，法国思想家帕斯卡就说过类似的话：“人是一枝脆弱的芦苇，他的全部尊严就在于思想。”作为北大人，什么都可以没有，就是不能没有思想。我这句话，你也可以反过来听：一旦我们拥有了代表人类进步的思想，在未来实现中国梦的路上，我们还担心什么呢？应有尽有。

尽管在顺应中国社会主义市场经济大潮中，北大人在做实体企业或做资本运营方面并不逊色，甚至特立独行。曾经，北大的校产规模达到了全国校产总规模的53%！然而，回顾历史，北京大学从来都不是以校办企业的资产规模傲立于世界大学之林。一百多年前，北京大学有多少校产，没有人关心。一百年后，北京大学曾经有多少资产，也不是考核这所大学是否伟大的指标。

尽管在“以天下为己任”的旗帜下，北大人在各级党政机关中，不乏“一身正气干大事，两袖清风为人民”的为官楷模，但他们为世人称道的，绝不是升官之术如何精到，而是“一塔湖图”浸润出的一种人文情怀和文化自信，以及“达则兼济天下，穷则独善其身”的士大夫气节。

所以，未来足以证明我们自己是北大人的，一定是“独立之精神，自由之思想”。能够走进北大，足以说明我们的聪明才智；能够在北大学有所成，足以让我们能够在世间法中游刃有余。所以，永远不要忘了我们的初心，保持从百年北大传承来的伟大传统，是一件没有什么好商量的事情，因为我们对北大精神的坚信与坚守，来自于我们的内心深处。

对于北大人来说，今后我们无论走到哪里，无论从事什么职业，都会记得：我们在北大所学到的，绝不仅仅是知识。知识固然是有力量的，但力量的结果，取决于着力点和方向，知识用错了方向，必然成为人生的灾难。而北大给予我们的最珍贵的资产，正是给出了让人生变得伟大的方向。而明智的选择人生正确的方向，通常比盲目的努力更为重要。

当我们听到钱理群老师批评“精致的利己主义者”时，我们知道，这种人有悖于北大精神，谁也不要借“识时务者为俊杰”来掩盖其精神堕落的本质，“精致的利己主义者”不需要这样一所大学来培养，就像不必用良田来种植稗子。北大人的“识时务”，是识天下为公的大势，识人类文明潮流的趋势。北大人在人文主义这条道路上，追赶的绝不是时尚和新潮，而是笃初慎终的一种人格坚守。

“林子大了什么鸟都有。”北大当然不乏聪明人，不乏盘算精致的人。但最难能可贵的一种人，是找到了对的而且适合自己做的事，然后身体力行去做，不仅有“知其不可而为之”的浩然之气，而且具备了不去强求别人也去做的自由主义思想，或者说“智慧”。

未来，或许有人会对你说：“你都是北大人，怎么还这个样子？！”那么，就要问问自己，北大人应该是什么样子？事实上，北大人的身份已经是历史形成的一种具有特别内涵的符号，它蕴含着对中国社会进步与发展的责无旁贷的担当。拿什么来告诉这个世界，告诉身边的人：我真的是北大人？这并不是拿出学位证书那么简单。

14年来，我无时无刻不在问自己：你的演讲，你的出版物，你所做的事，能对得起“北大人”吗？可以说，这种北大情结，已经成为我生命成长的最大动力！

当我拿出印有北大徽标的名片时，我知道这不仅是荣誉，而更多的是一种担当，不仅是对个人的担当，而是对这所学校的担当，对一百多年来造就这所学校的一代代人的担当。李大钊先生说：“铁肩担道义，妙手著文章。”意思是说：要担道义，必须要有铁肩，先把自己铁肩铸造好；要著好文章，就要练就妙手，既要有文思，又要有文采。

前两天，姚洋教授在北大国家发展研究院毕业典礼演讲的题目是“自尊是成就伟大的起点”。他说：“北大人用笔唤醒国人，用言行感染周边的同路人，用行动改变现状，在必要的时候，甚至用生命去捍卫真理。这就是北大能够引领中国的原因！”读完这段文字，让人热血沸腾，这就是北大精神，无论风吹雨打，无论出现任何政治的、经济的洗礼与冲刷，都不会把北大人这种深植于内心的精神磨灭，它就像春天里的竹笋，总是会找到破土的机会。

在同一个现场，刘震云说：“一代代北大人虽然所处的时代不同，高矮胖瘦不同，但是有一点是相同的，他们是民族的先驱者。什么叫先驱者呢？当几万万同胞还生活在当下的时候，他们在思考这个民族的未来，为了自己的理想，以至是不切实际的理想，他们甚至贡献了自己宝贵的生命。黑暗中没有火炬，我只有燃烧自己，我以我血荐轩辕，哪怕他知道几万万同胞会蘸着他的血来吃馒头，这是我们北大的慈悲。”

所以，我看到你们，就为你们在北大遇到了冯科教授这样的老师而感到高兴，能够在他的旗下学习，的确是一件非常荣幸的事。我跟他接触已经有三年多了，在他身上体现出的那股北大人的人文精神，那种对学问的用心和对学生的用心，让我感动。从他每年的备课中，就可以看到他的用心。现在很少有人这样备课了，我就几乎没有看到过用毛笔备课的。毛笔备课，意味着什么？那是专注，练修为，就像和尚在庙里扫树叶一样，一年要写十几万字。我曾经在丫山国际志愿者村的道源书院，看他写《心经》（不是抄），一个半小时，站着一口气写下来，没有一个错字。现在潜心做学问的人不多了，用心来对学生好的人也不多。因为整个社会风气是急功近利的、是浮躁的，而他却能够独善其身，的确不容易，这是让我非常感动并受到鼓舞的一件事情。北大之所以能够引领中国思想一百多年，是由这样一批批有信念的北大人支撑起来的。

你们即将走向社会，将面临全新的环境，会经历现在无法预想的魔考。我相信你们从冯科教授身上学到的不仅仅是知识，知识会被忘记，而且知识也会被更新，但是在他身上体现出的那种勇于担当的精神，是值得永远珍藏的财富，不管外面的风有多急、雨有多大，只要想到北大的期许，想到我是北大人，心里就一定会充满战胜一切困难的力量。

所以，当还有人在说，现在的大学正在培养“精致的利己主义者”时，我们是不是应该站出来，实现一种超越？六年多来，我创办的北大公益讲座，就想告诉这个世界，有这样一群北京大学公益讲座的志愿者，他们以自己的微薄之力，践行着利他主义，他们什么都不为，完全利他，而且从利他的过程中，找到成就自我的方式。在人类的发展史上，但凡能够留下来的东西，一定是对人有帮助的。正如能流传下来的药方，一定是治愈过很多人的良方。我们只要努力去做对人有帮助的事，就好了。

一个人如果利己，或许能成功，但只有利他，才能成就。所以，北大人的成就自己，一定是与为母校争光添彩连在一起的，是与推动这个国家的文明进步发展连在一起的。当我们用自己的做到，证明自己对北大信念的坚信与坚守时，就可以自豪地说：我们无愧于“北大人”这个称号！

每一个北大人身上的担子，不会因为你的毕业就消失了。恰恰相反，当你毕业了，走出校门了，当你说：我的骨血里已经植入了北大的基因的时候，当你说：我是北大毕业的时候，那是一份多么沉重的担当啊！今后，当你还没有把自己的能力、聪明智慧发挥到极致的时候，你们可能都不好意思说“我是北大人！”因为这句话是一个很重的砝码，教与学天平上的砝码。在这个天平的一边，老师已经很重，所以，你必须让自己生命品质也有质量，否则，天平就平衡不了。至于如何才能实现这个平衡，当然是自己的事了。但做到平衡还只是基本的要求。古人说：“见与师齐，减师半德；见过于师，方堪传授”。所以，我们要立志实现“青出于蓝而胜于蓝”，这也是北京大学对每一位北大学子的殷殷期许！

虽然毕业证只能证明过去，但它也预示着未来。成为北大人，这是人生最大的机遇，这是非常难得的一件事。接下来的人生道路，只有靠自己了，只有靠自己重视北大人的意义和责任，然后用自己的生命去证明：我无愧为北大人。

相信我们每一位与北大有缘的人，会在某个春天，化作一滴自信的春雨，融入未名湖，让滋养过我们的这片“海洋”，因为我们而更圣洁、更博大、更高雅、更充满灵气。

谢谢大家。

上篇　说与做

2015 年 8 月 17 日

你要过河，
必须划桨，
帮助船过去，
你才能过去。

先做好自己

北大公益讲座的志愿者是有社会责任感的人，但我们从来不奢谈“承担社会责任”。因为我们发现：一个连自己都承担不了的人，一个生活在恐惧、焦虑、易怒、彷徨、自责中的人，让他承担家庭责任，都是一件非常困难的事。进而，一个承担家庭责任都有困难的人，自以为可以承担社会责任，别人是可以提出质疑的。所以，志愿者首先必须把自己承担起来。

而检验一个人是否能够把自己承担起来的标准是：自在喜悦，家庭和睦。理由很简单，自己好了，家庭才能好，而家庭是社会的细胞，把家庭搞好了，就是为社会贡献了一个健康的细胞，然后再来谈承担社会责任，或许会更有力量。这就是所谓的“修身，齐家，治国，平天下”。

最近，我收到一位志愿者发来的微信：“我很希望成为北大公益讲座讲师，现在已经开始组织分享会，几期下来，效果不错，但总是感觉能与我同频道的人太少，真正愿意改变的人，更是少之又少。不知道如何坚持下去。”

北大公益讲座，不是为了改变别人而举办的。如果我们想对别人，乃至社会有所帮助的话，首先必须让自己越来越好。这里借助物理学常识，让我们来了解如何让自己越来越好，或许更直观一些。

力的三要素是：着力点、方向和大小。

我们来到这个世界，只拥有一次经历的机会。而在这一次短暂的过程中，生命的着力点是什么？或者说因我们而起的一切发生，我们希望到达的终极目标是什么？

假设这个目标是“一个更好的自己”，那么，正确的方向，只有一个：就是去帮助别人，否则，你自己是好不起来的！正如人抓住自己的头发，是升不上天的。人需要借助成就别人，最后才能实现成就自己。这不是自由交易，这是因果。

解决了立足点和方向的问题，再来谈力的大小、谈努力，才有意义，否则那叫瞎努力、南辕北辙。从这个意义上理解为什么我们常说的：“很多人的努力是没有用的，甚至越努力，结果越糟糕！”

了解了力的三要素，再去思考佛家的“无人可度”、“度人之心不可有”，与“甘愿付出，享受付出，帮助别人其实是成就自己”，其实是不矛盾的。无人可帮，帮人的结果是成就自己。所以，我们要百分之一百二十地帮助别人，还加上一句：“谢谢你让我帮助你！”

为了让自己更好，选择通过帮助别人的途径来实现，通俗地说就是：你要过河，必须划桨，帮助船过去，你才能过去。

既然是为了自己渡河，那么，有多大能力，就划多大的船，船不动，不是船的问题，而是自己的问题。划了，不一定能到；不划，肯定到不了。

无论是分享会的主持人，还是正式课程的讲师，有一点是很明确的：只要坚持做下去，1 万个小时之后，成就的肯定是自己。而在这个过程中，绝大多数的受众，都是老天爷派来成全你的，感谢每个人就好——千万不要纠结于他们是否改变了，是否进步了。

有人听了课，参加了分享会，改变了，进步了，很好！那是因为人家有悟性；如果没有进步，或打回了原型，也很好——一无所得，还陪你玩儿，何等慷慨。

抱着这样的一种态度，走上北大公益讲座讲师的修行之路，三年之后，一个全新的自我便建立起来了——遇到任何人、任何事，你都有力量穿越。那个时候，你对周边的人，渐渐开始有了影响力，因为他们可以从你的改变中看到：一个人只要自己愿意改变，愿意从生命走向慧命，坚持从知道到做到，不仅对自己有好处，而且还可以改变周边的环境，用你身上的光明圆融善，证明“一切是自己，自己是一切”。

2015 年 12 月 30 日

一无所求，
才能心满意足；
但有所求，
必有烦恼。

不为什么的付出

2011 年 2 月 11 日，北大公益讲座第一次去深圳开课。

深圳的志愿者很用心，把课程安排到了深圳图书馆。从 2005 年开始，这里每周的星期六都要举办“市民讲堂”，已经坚持六年多了。

课程9：00准时开始。上午是第一阶“从生命到慧命”。

“从生命到慧命？我看他们是来卖书或卖光盘的。”我们的志愿者，站在最后一排，听到了这样的议论。

“何以见得？他们说，是纯公益的。”

“要么，就是来卖保健品的。你大胆放心吧，我在这里听了六年了，场场不落。就是这样，你等着瞧吧。”

中午12：00，课程准时结束。志愿者站在两个出口处，给每一位听众鞠躬，并送上书法《至慧》真迹。然后，背着包，下到大厦的B1层，吃盒饭去了。

“等着瞧吧，上午不好意思卖，下午就要卖了，放长线，钓大鱼。”

下午14：00开课，第二阶“光明圆融善”，到场人数比上午还要多。课程在17：00圆满结束。志愿者依然站在两个出口处，给每一位听众鞠躬，并送上书法《光明圆融善》真迹。然后，拖着行李箱走了。

“怎么不卖东西呢？他们是哪个星球来的？”我们的志愿者，再一次听到了后面的议论，会心的一笑，走了。

一直有人在问：“你们的终极目标是什么？”“你们这样做，究竟为了什么？”“当你们的付出长期得不到回报时，还能坚持付出吗？”“难道真的存在‘不为什么’的付出？”“付出可以甘愿，但何以达到享受呢？”

就用以下比较拗口一点的文字，来回答关于“为什么北大公益讲座志愿者的付出，是不为什么的付出”吧。

人的社会角色，是来自于个体远离了“真我”而创造的一种所谓的“人格”。这样的人格，其实是失真个体的一件外衣。

现实生活中，每个人不自觉地穿着“角色的外衣”，用以迎得他人的认同，取悦于别人，获得接纳与欢喜。

通常，这件角色外衣的形成，来自于童年，因对爱的需求而遭遇的失落，以及心灵曾经受到过的创伤。长大后的个体，为了自我保护，以避免心灵因痛苦的回忆再次受到伤害，于是，用角色的外衣把自己伪装起来，用以否认内在真实的需要。这样的结果，充其量只能使当下的生命，成为一个不真的拯救者。

然而，在角色责任里的付出是沉重的，是患得患失的。因为付出的过程并没有包含真实的自己。这样的给予，是空落落的给予，因为太追求成果，于是，老天爷就开了一个玩笑，会让这种努力付出的人，到头来没有成果（最典型的人物是梁武帝，盖了那么多庙，问达摩："我有没有功德？"达摩回答说："没有功德。"）这就是为什么有的人，常常付出很多，却困惑于毫无成果的根本原因。因为，失去真我的付出，是牺牲，或者说，缺失真我的给予，只是一种越陷越深的牺牲，终究不会走上一条从甘愿到享受的喜悦之路。

不甘愿，必有痛苦；不享受，必不长久，并且不可扩展。

而脱下角色外衣的付出，之所以可以从甘愿到达享受，是因为能够诚实地面对自己内心的意图，"潜意识的我"和"意识的我"实现了完全的一致。

如果付出的意图，是为了自我被别人认同和肯定，或者是为了避免自我受伤，那么，这样的付出，不是心甘情愿，而只是来自于角色的需要，或者美其名曰：社会责任。而这种付出，其实是有条件的，它的内在动力，从本质上说，是恐惧，而非爱；是不得不，而非内心真实的需求；是以外在的尊重、肯定和鼓励为前提的，而非自我成就的内在需要。所以，凡有条件的付出，是迟疑的，是纠结的，是心随境转的，是不可持续的。但有所求，必生烦恼。

只有来自"真我"动机里的爱的付出，才能获得内心的平和与满足，这时给予者即是接受者，生命即达到爱的合一境界。亦即：百分之百的付出，还要谢谢对方接受这样的付出。

基于以上认知，北京大学公益讲座讲的付出，是找回自我之后的付出，是甘愿，是享受。是基于"帮助他人，其实是成就自我"而选择的"信解行证"的生命过程。

上述回复，如果还不满意，觉得太学术化，非要刨根问底问一个"究竟为了什么"。最简单的回答是：为了一个更好的自己！

2015 年 9 月 12 日

深圳，不愧是一座伟大的城市！

为什么选择在深圳开第 500 场

北大公益讲座，将“尽善、尽美、尽心”作为重要的原则之一，或者说，这是志愿者一直在追求的一种做事的风格和生命品质。志愿者正是以这样一种品质，让自己充满自信地，在公益的路上一步一个脚印地前行，用自己的做到，告知世人：在八万四千法门中，我们选择这样一种适合自己的修行方式，来成就自己。

因此，我们常说：北大公益讲座真正好的，不是课程设计好，课件模块新颖，也不是演讲好；不是因为免费，而是因为众多的志愿者，能够在生活和工作中实现这样的一种品质，是志愿者通过跟进课程之外的各种活动，把讲座中被唤醒的“知”，转变成“行”，并且成为持之以恒的“笃行”。

知道容易，做到难；跟着一群人做容易，一个人做，很难。所以，各地慧至堂的分享活动，就成为北大公益讲座志愿者修行的更为重要的道场。

深圳慧至堂 2012 年成立以来，真正做到了持续不断地开分享会，志愿者在跟进的过程中，切实体会到“好人要抱团，因为连坏人都抱团了，我们为什么不？”

分享会与我们的课程设计是一脉相承的，都是互动的体验式的教育。每一位志愿者和志愿者带来的朋友，在分享会上都是用自己身上的能量，以自己真实的生活体验，来感受“尽善、尽美、尽心”的生命品质。

2012 年 2 月 11 日，北大公益讲座第一次走进深圳，在一群志愿者的心中点燃了“慧命之光”，直到现在一直没有熄灭过。44 个月以来，深圳自行举办以及推广延伸至其他地区的课程近百场；深圳现有 800 多位志愿者。每个月定期举办的分享会，已经达到了“精心设计、随意发挥”的水准。

而在每一次分享会上，都会有新朋友报名加入志愿者的行列，迫不及待地希望与这样一群什么也不为，只是快乐地享受付出的人们在一起。这真是一件可喜的事情，分享会就是应该开成这样，才能有持续的影响力。

“北大公益讲座 500 场暨深圳第 100 场”课程由深圳承办，是理所当然，也是实至名归；是精心设计，也是随意发挥。2015 年金秋 10 月，北大公益讲座将第 15 次走进深圳，期待与全球志愿者共同分享这个重要而难忘的时刻！

诚如一位志愿者在深圳慧至堂微信群里留下的一段关于生命效能的分享：“当我们能从是非对错中解脱出来，去相信因果，并继而到达破因果，破时空，用当下的一个区区善念去改变过去，改变未来，这既是一个生命做出的伟大决定，也是对上天，更是对自己的一份庄严承诺。”

深圳，不愧是一座伟大的城市；深圳，不愧是中国大陆公益慈善事业发展最好的城市；深圳的志愿者不愧是一群做到的人，他们正走在从生命走向慧命的路上……

2015 年 11 月 3 日

『一无所求，心满意足』，这的确是一种境界！

从“来者不拒，往者不追”说开去

（一）

北大公益讲座提出“无组织、无纪律、无收入”的原则，同时，也欢迎志愿者随时来参加我们的各项活动，并且鼓励各地慧至堂自由组织分享会。所以，这些年我们一路走来，结识了一批批愿意通过帮助他人来修理自己的学长，而且有充分的理由相信：就这样坚持走下去，还会遇到更多与北大公益讲座有缘的人。当然，由于各种原因，一些早期的志愿者没有持续跟进，也是事实。这些人当中，不乏怀疑者：“这件事到底还能做多久？”尽管如此，凡是在课堂有过感动的人，都还记得并相信：就在那一刻，慧命之光的确是被点燃了。

跟进需要一些基本的条件，比方说一定的财务自由和时间自由，而事实上，并不是每一位志愿者都具备这样的条件。所以，我们在一开始就提出:“有教无类，来者不拒；往者不追，尊重自由。”何况，人世间，修行的法门有八万四千，人生各有各的缘，各有各的使命，合也好，分也好，没有对错，只是缘分。更重要的是：北大公益讲座从一开始，就放下了度人之心，只是随缘化境，让自己快乐，让每一位参与者快乐。

这些年来，我们发现：有三种人是无缘跟我们走在一起的。

第一种人，因为他们太成功了，所以他们的时间是用来享受成功，并创造更大的成功；第二种人，因为太有钱了，他们的时间，要用来花钱，享受钱给人带来的快乐。还有一种人，是抱着来帮助北大公益讲座，或想从中获得商业好处的热心人，他们来了之后，很快发现，这里不需要人帮助，甚至都不摊派任何捐款，也没有什么繁重的工作，大家真的是来修自己的。更让一些人不理解的是：北大公益讲座提出了“低调做小”的方针，并且真正做到了“不做广告，不接受媒体采访”，在这里做公益，既得不到社会的表扬和政府的奖励，背后也真的不能带来什么商业利益。这就让一些人望而却步，注定是与我们无缘，这也很正常。

（二）

在北大公益讲座一路走来的路上，我们得到了许许多多志愿者和听众的帮助，这是永远应该感激的。但是，既然是人家的帮助，我们就不能指望人家一直帮助下去。世界的事，人家不帮你是本分，帮你是情分，所以被帮得太多，也是一种欠债，欠了债，总是要还的。所以，我们心里很清楚：我们需要别人的帮助，但不要去祈求别人的帮助，而是要靠自己默默前行，等待前行路上遇到有缘人。

反过来也一样，如果做这件事，只是帮助别人，自己不能从中得到成长，要坚持下去，也是很困难的。那些执着地认为“参加北大公益讲座，只是在帮助别人，自己从中一无所获”的志愿者，在热情过后，就会渐渐坚持不住了。这在我们的第三条理念中，已经讲得很清楚：“甘愿付出，享受付出，帮助别人其实是成就自己。”付出的落脚点是“成就自己”。如果志愿者不能从北大公益讲座的践行中成就自己，迟早会跟不下去。

什么是北大公益讲座所说的“成就自己”呢？比方说：改善了亲密与亲子关系；拿自己有办法了，从此不生气了；遇到事情，不再乱“发生”了，也就是学会“不对发生做反应，而对结果去负责”；在承办分享会的过程中，深刻感受到分享会其实是志愿者的精神家园，与志愿者在一起分享，不仅是收获快乐和喜悦，而且从别人身上看到自己的不足，并且有动力迎头赶上，等等。

当然，在北大公益讲座发展的过程中，我们也需要不断进行自我修正，不断创新，让更多的人能够持续那一份感动，愿意一路同行，一路同修。但，这种修正，是为了能够帮助更多的有缘人，而不是为了迎合所有的人——不能尽如人意，但求无愧初心。

比方说，北大公益讲座就是一个三眼插座，没有必要去修正成四眼或五眼。我们的修正，只是努力保证外观实用、接触正常、不漏电，就好了。为了适合不同的插头，不停地去改插座，那不是修正，而是做事不靠谱、没有定力的表现。

北大公益讲座的“三个放下”、“四个理念”、“五项原则”、“六字箴言”，说明我们已经把想做的事想明白了，很清楚自己要做什么，要到哪里去，所以，一路随缘就好，不求缘，也不攀缘。

（三）

鉴于北大公益讲座只是一个大家修理自己的平台，所以在共同成长的过程中，大家的所有付出与“贡献”无关。因为一旦涉及“贡献”二字，就应该有一个评价和对应的待遇之类的东西，这又绕回世间法，即所谓的组织管理了。

一讲贡献，就好像自己吃亏了，而且表明自己在付出的时候是有所求的。真正的付出，是知道自己在付出中，已经是得到了，而且得到的总是会比付出的要多。所以，才有这样一句话：“百分之百的付出，还要感谢你让我付出。”而这句话，很多人是听不懂的。真正的付出，就是做完了很快乐（不快乐的付出，叫“牺牲”），“得”已经在付出之中实现了，所以，才会觉得，接下来还要不断付出，并享受着这种付出带来的愉悦，唯有这样的付出，才是可持续的。

在北大公益讲座的前行的过程中，即便是谈到“贡献”，也永远是从别人嘴里说的事，与自己无关。自己一说，就没有了。凡是认为自己有贡献，那只是自己的认为：“是北大公益讲座需要我。”其实，北大公益讲座依靠每一个人，但不依赖任何人。我们一直在说：只有悟到“不是北大公益讲座需要我，而是我需要北大公益讲座”的时候，这位志愿者才是真正的志愿者。况且，大家都知道“贡献”是一个“过去完成时”语态，最为关键的是：接下来你还能不能、还愿意不愿意为众生服务?

修行是一条回家的路，走在这条路上，只需向前看就好了，尽管我们不知道还有多远，但走一步，就能接近一步；向后看，老是在算自己已经走了多少步，仍在为过往取得的骄人成绩自得，那只是浪费生命而已。

在现实生活中，我们会发现：但凡一个人还在讲自己的贡献，表明希望得到别人的认可和尊重。如果别人不认可不尊重，就不做了。这样的“做”，不是发自内心的“做”，而是被“认可和尊重”制约的“做”。

对于北大公益讲座，有志愿者抱着这样一种态度：“一无所求，心满意足。”这的确是一种很高的境界！以这样一种境界来服务众生，就没有了什么“会不会被别人认可”的顾虑，“会不会得到别人的尊重”的担心。人一旦彻底放弃这些外在的妄想，只是依据自己的发心去做，就一定没有抱怨而且是喜悦的。

从更深一个层次去理解“一无所求，心满意足”，我们会发现，这其实是人生的智慧。为什么要“一无所求”？因为福报是求不来的；而“心满意足”，是在享受付出的过程之中，感受到了真正能够按自己的心去做，并且可以坚持去做，最后得到了自我的肯定和成长。于是，才会更加感谢有做的机会。所以，了解“一无所求”的付出，其实是“无中生有”，是“真空妙有”——这是一个大的开悟。

最后要说的是：北大公益讲座其实用一个汉字概括，就是“做”！不做是不可能真正知道的，不做是永远都达到不了的。

坚守「光而不耀」、「默默前行」、「低调做小」的方针。

2015 年 11 月 11 日

在坚守中前行

昨天，北大公益讲座公众平台发表了北京 777 志愿者陈珂学长在“第 500 场暨深圳第 100 场”上的演讲《光明圆融善，求真创造美》，好评如潮。

今天一早，陈珂学长又在慧至堂微信群里，给志愿者问早安：“学长们，早上好！非政治，非宗教，宽厚，包容，独立之精神，自由之思想，是蔡元培时代北大最宝贵的传统，也是北大公益讲座的安身立命之道。”我立即回应：“这些年，正是因为我们坚守了这些最宝贵的传统，北大公益讲座才能活到今天！所以，让我们大家共同坚守，为了自己，为了家人，为了更好的明天！！！”

为什么我们要坚持“非政治”？因为我们不懂政治，政治是一门学问，政治是一门艺术，政治是一种社会担当，是人类社会的专业分工。我们自知没有那个本事，我们只是接受分工，从做一个本分的公民开始修行。

为什么我们要坚持“非宗教”？因为我们还没有对宗教进行过深入的研究，知之甚少，更别说得道，也不愿意卷入宗教之争，只是坚持这样一颗初心：愿意为每一个接受我们课程理念的生命服务。

为什么我们要坚持“非灌输”？因为我们做这件事的目的，只是为了修自己，顺便给人一点莫须有的帮助，所以，绝不苛求于人，也不强加于人，一切只讲随缘。

北大公益讲座的志愿者，都是一群看过电影《宇宙旅行》，从银河系回来的明白人，任何狂妄，任何自以为是，任何想改变世界的想法，都是“颠倒梦想，如露亦如电，如梦幻泡影”。

正如《金刚经》所云：“生知：诸法缘生，未见本性，逐相而转，迷而不觉；佛知：缘生性空，有即非有，当体即空，觉而不迷。”

我们不会去抱怨屋子有多黑，因为我们相信太阳明天还会升起，即使太阳出来了，还是没有光，我们仍然应该问问自己：有没有能力打开一个小洞，让阳光照进来；我们不会妄想把整个屋子全部照亮，只是愿意像一支蜡烛，给出一束微弱的光，以示光明的存在，这已经很好了，已经不枉此生了。

这就是北大公益讲座为什么提出“非政治”、“非宗教”、“非灌输”，并坚持“光而不耀”、“默默前行”、“低调做小”的理性思考。

我们的“讲”，
绝不是“好为人师”的讲，
而是“做给你看”的讲。

2015 年 12 月 28 日

以行践言

北大公益讲座，其实是“讲做”。

“讲我所做，做我所讲”，“做得到的就讲，讲过了，就去做到”——这就是“修行”。

我们只是祈愿：“让每一个接受过我们服务的生命，光明圆融善。”发这样一个愿，还仅仅是一个好的开始，接下来是要“用我们的做到，证明我们全部的说，是真实不虚”。

讲，已经越来越难，因为会讲的人太多。而且讲出来让别人去做，自己却不做的人，也不少。所以，讲出来要让人相信，越来越难。基于这样的考虑，北大公益讲座，其实是“讲做”，因为“做”常常比“说”更有力量。

在发出这样一个善念，并践行这个善念的过程中，我们志愿者从来不认为自己“可以改变世界，可以改变别人”。正如克里希那穆提说的："你改变不了一座山的轮廓，改变不了一只鸟的飞翔轨迹，改变不了河水流淌的速度，所以，只是观察它，发现它的美就够了。"

当然，我们坚信：如果自己真正"光明圆融善"了，一定会对身边的人产生正面的影响。而在让自己渐渐做到"光明圆融善"的过程，就是一个修行的过程。

我们也坚信：如果志愿者能够做到"光明圆融善"，就一定会给身边的人起到示范作用，这种示范作用，反过来会让人们相信：这群人以"做"为基础的"讲"是真的，进而愿意跟我们一起去"做"。从这个意义上说：我们的"讲"，绝不是"好为人师"的讲，而是"做给你看"的讲。

其实，北大公益讲座的"讲"，就是"做"！不仅仅是主讲人在课堂上的演讲，更是体现在日常生活中，对每一个人的讲话，体现在每一条微信留言中的遣词造句、语气口吻；不仅仅是主讲人在课堂上的"头头是道"，更是志愿者回到现实生活中的"条条做到"。

北大公益讲座的志愿者，无论是"讲"也好，还是"做"也好，只有一个目的："让自己的生命更好！"自己好了，或许有人愿意听你"讲"，愿意跟你一起修行；如果自己都没有好起来，别人是不会听你"讲"的。

我们深知：讲话，本身就不是一件容易的事。而要用实修的方式来讲话，更是难上加难。因为"修讲话"，既要修念头，又要跟"做"连在一起。不管是"知易行难"，还是"知难行易"，最难的是知行合一。而且，知与行的关系，是乘数关系：五五二十五，四六二十四，三七二十一，二八一十六，一九得九，零乘十等于零。

我已经讲了近五年，正式课程也开了530多场了，还是不时会发现自己“又讲错了”：生怕别人没有听进去，态度上还会很强烈。这是因为几十年来，落下的习性太重，要修到“轻轻说箴言，句句是爱语”，真的不容易。而真正有力量的“讲”，只是轻轻地说，就好了，绝不夺人所敬。所以，还要继续修。

2016年1月9日

成功，从承诺开始；成就，从承担开始。

借有修无，真空妙有

北大公益讲座的分享有两种：一是举办分享会，二是在微信群里发表原创感言。而分享的意义是：1. 付出从分享的开始，看看自己愿不愿意付出，拿什么来付出；2. 让自己在分享中能够与大家共同学习，共同成长。志愿者分享文字，读来因清新而亲切、因质朴而真实。

止华（赣州089）：以下是我参加北大公益讲座井冈山一二三阶的感想：1. 当你真心想做一件善事时，全世界都会给你让路；当你只想试一试的时候，总能找到不去努力的借口；当你连尝试都不愿意的时候，便能找到一万个不做的理由。这是吸引力法则。2. 使我痛苦者，必使我强大；人生没有一帆风顺，没有经历过失败的成功，多半只是昙花一现，或者把我们的一生带向平庸！3. 放下曾经的荣耀，勇于挑战和跨越，去追求雄鹰一样的蜕变和重生，战胜自己，宛若新生。

松文（赣州 019）：只要用心去做，就会到；只要到了，就知道还没到；说自己所做，做自己所说；说了就去做，做了不必全说！

梓林：行大于言，做比说有力量！所以，我们一直在说："讲座"其实是"讲做"。因为，北大公益讲座的"说"与"做"是一致的，所以，这种"说"，是有力量的。在这个意义上修"说"，也是修"行"。

松文：很多人用嘴说，或用过去的习性说；真正的说是用心说，或用当下的做来说！

梓林：用什么说不重要，关键的是言行一致。

松文：所以言什么，就很重要！

梓林：先修正念，然后正言，然后再去做，让言行一致。

松文：正念！正言！正行！

梓林：念不正，言正无用；念正、言正，言行不一，言亦无力。

正华：说能做到的，做自己说的，我说我做，我做我说，行在当下。

正华："无极太极生两仪，太阳升起问东西，调高调低阴阳配，输却禅门总不语。"是以正念正行，能言能行。

梓林：为什么要放下名利，放下自以为是？听曾国藩如何说："士有三不斗：勿与君子斗名，勿与小人斗利，勿与天地斗巧。"不计较，就不会将自己拉入争斗的漩涡，不被尔虞我诈所累；不计较，就不会树立太多的敌人，不会时时遭人陷害；不计较，就能节省大量的时间，精力充沛地做自己想做的事。

正华：本来无一物，何处惹尘埃。

梓林：本来无一物，但先要找到那一物，才好修到无物。也就是：先要通过勤拂拭，找到那一物！然后，借有修无，真空妙有。

一开始就修无一物，好多人因此不知从何修起。就像打篮球，实际上是锻炼身体，先抢到篮球，再谈锻炼。亦如太极的借力返力。

经典告诉我们：对事的承担，修的是才干；对人的承担，修的是德性！修德性，有两个重要的问句：一、你能带什么样的人？二、你能把人带成什么样子？至于带多少人，不重要，因为那要取决于缘分。

成功，从承诺开始；成就，从承担开始。近百人的群，想把人带成什么样子？坐而论道？寒暄问候？掉书袋子？转贴娱乐？还是建立一个真正对人有帮助（不是对人好）的“纯洁、纯粹、纯净”的精神家园？

至于最终这个群能建成什么样子，北京大学公益讲座不会给你外在的要求（只会给予帮助），一切都取决于你内心深处那颗初心。是为“加油”之意。

松文：经典还告诉我们，你曾经处理过多么复杂的问题，就具有多高的智慧，加上上述的承诺和承担，就是才能、才德和才智，人生应修的三才；至于带什么人，把人带成什么样？佛说“度人之心不可有”，还说“无人可度”；证严法师也说：智者从善，看到了就做，做了就放下。

梓林：带人，不是度人。正如盖被子，不是度被子，是自己需要被子保暖。善良，是独善其身；慈悲，是对人有帮助。而愿意给“被子”付出热量，最后成就的是自己。众生不需要菩萨，菩萨需要众生。

北大公益讲座的志愿者，不是要去度众生，是为了成就自己。如此理解“甘愿付出，享受付出，帮助别人其实是成就自己”，就能“看到就做”，不断精进（多开分享会）；就能“做了就放下”，名、利、自以为是，统统放下，努力去做就好。

松文：“帮助他人，成就自己”，不是理念，更不是口号，而是途径；既然了解了途径，就要去做，做才会到；不做只是让自己舒服而已，永远也不会到；这就是有的人知道很多，为何外在的环境还那么差呢？那是因为自己修得还不够好！

梓林：理念，口号，都是嘴上的功夫，一经做到，就是心念。一念一世界，一叶一菩提。别无他念，区区一念，终究是要落实到做：“用我们的做到，证明我们全部的说，是真实不虚。”不真，没有必要说，不做，其实不是真。如此而已。

2016年2月8日

真正有智慧的人，是不用想的，只是区区一念。

想好了，去做就好

第一次看到“怎么信仰，就怎么生活”这句话时，觉得这个观点很唯心。但细想之后，感觉唯心也没有什么错。佛家说：“命由己造，相由心生。”与这句话有异曲同工之妙。东西方思维，常常也是共通的。

人生有太多的问题，常常不得不去思考，但“人一思考，上帝就笑了”。尽管上帝会笑我们，我们还是不能停止思考。比方说：我们究竟是来适应社会的，还是来改造社会的？

如果人生是来适应社会的。那干什么要来呢？而一旦不能适应社会，那为什么又要来呢？

如果人生是来改造社会的。我们自己又应该是什么样子，想把社会改造成什么样子呢？如果不是来改造社会的，我们把自己修好了，又有什么用呢？

这的确是一种纠结。

当下的我们，已经不可抗拒地生活在一个商业文明的时代。而商业时代的法则是：信誉与智商的对决，也就是说，生活在一个商业文明的社会里，作为公民，每个人的权利与责任是对等的。基于这个原则，就意味着对于每一个个体：无论是享受权利，还是恪守责任，个人都必须靠自己的努力，来创造属于自己的生活。亦即“一切是自己，自己是一切”！

需要指出的是：所谓自己的努力，不仅仅是指工作态度和绩效，还包含在处理人际关系中矫正自己行为的不足，修正错误的思维模式，不断提升生命的品质。也就是北大公益讲座提出的“在从生命到慧命的过程中，保持心地光明，做到圆融万象，坚守有智慧的善良”。而从生命到慧命的过程中，对自身缺陷的认知和觉知，是一种必须具备的觉性。人只有认识到自己有缺陷，才不会固执僵化。有了这种觉性，遇事才会反躬自问：“接下来如何应对，才能让自己更好。”

修行是一个艰难而漫长的过程，因为世俗社会的物质诱惑太大，无节制的物质追求难免束缚人在精神层面的成长，尤其是某些错误的思维模式（佛家说的习性），一旦在头脑中被固化，生命就会停顿。对于停顿的生命，无论发生什么事，都不能让他醒悟，让他对自己哪怕是做一点点的改变。永远只是这句话：“我就这样，你能把我怎么样？”还自诩：“我以不变应万变。”

由于观念本身的错误，必然与周遭的人际环境发生冲突，如果要通过个人的力量矫正这个错误的观念，承认自己过去是错的，很容易被周边的环境所不齿。所以，一些人很无奈地坚守着固有的错误观念，并找到各种似是而非的案例，以实现自圆其说。其实，他们唯有如此给自己找到坚持错误观念的理由，才能够维持心理的平衡，避免自我意识的崩溃。

然而，严峻的现实是：一旦成为以固有的错误观念来重构人际关系的人，总是会在下一轮的人际关系中处处碰壁，因为无论人们能把扭曲的观念说得多么有道理，那也只是自己的道理，人际关系的法则仍然是正常的。所以相同的事，总是不断发生，而这些人一直活在不知不觉中。

被一些错误观念和思维模式扭曲的头脑，是无法在现实生活中找到快乐的，甚至往往陷入人际关系的严重冲突或众叛亲离的境地。明确地说，就是无法与任何人坦诚的交流——当一个人自以为绝对正确、绝顶聪明，却在现实中找不到可以坦诚相待的人，会不断深陷人际关系纠葛的恶性循环中，试想他的内心要承担多么大的痛苦？

处于这种境地的人，往往会陷入受迫害的臆想之中——因为他坚信自己是正确的，所以总是在外部寻找让自己失败的原因，并把这一切的责任归咎于别人，因此常常处于悲愤的状态：一不顺心，就满胸怒火，仇恨于心。当他们处于绝境之时或是在极度困厄之下，极端行事，实属正常。

所以说，以错误的观念和思维模式，把一切责任都推给别人，并试图改变别人，改变不了别人就伤害别人的人，是一种典型的犯罪人格。监狱中的服刑人员，相当一部分人都是这种思维，尤其是刚入狱的。在这些人当中，或许有些人也会认错，但认错往往只是表面的认怂，只是希望逃避惩罚或改善周边环境的权宜之计。而在某些人心里，是从未认为自己有错的，也从未想到今后要修正自己，而且顽固地认为只是自己运气不好，或是被别人坑骗或欺负了。除非监狱方面能够帮助他们彻底放弃错误观念、改变思维模式，否则，这些人继续犯罪的可能性将一直存在。

对于当下立足于商业文明社会的中国人来说，无论社会有多少问题，无论社会的人际关系有多么复杂，你必须清醒地知道：只有自己才能为自己负责。“一切是自己，自己是一切”，当下自己做出的每一个决定，不仅影响未来，而且改变过去。亦即：“一叶一菩提，一念一世界”。所以，无论外面世界诱惑的力量多么强大，都不应该放弃灵魂深处的真实追求。远离颠倒的梦想，放下外求，只有通过不断地改变自己，修复自己天性中的不足，才能逐步提升生命的品质，获得走向慧命的思维能力。而一旦因习性的沉重，放弃已经明确的方向和途径，可能再一次启动生命之旅就更为困难。这些年的实践一再证明：凡是曾经被“慧命的蜡烛”点燃过，被“灵魂的求诉”感动过生命，一旦打回原形，再一次走上这条修行之路的人，少之又少，因为他们心里很清楚：“我都知道，可是我做不到。”

写到这里，知道自己还在想，心存惭愧——不是担心上帝笑，而是有人曾经告诫我：“还在想，说明还没有想好，真正有智慧的人，是不用想的，因为已经想好了，只是区区一念，去做就好。”

从 2016 开始，应该想的更少，做的更多。

2016 年 3 月 3 日

放下自以为是，
就是承认别人也是对的。

为什么要放下自以为是

胡适一生，两个头衔声名远著：“新文化运动的领袖”、“中国自由主义的旗手”。对中国文化界、思想界两大贡献彪炳史册：文学革命，开创白话文运动；思想启蒙，创造中国公共舆论。

而胡适对于知识分子的重要提醒是：“中国所以败坏到这步田地，‘好人自命清高’确是一个重要的原因。”

北大公益讲座的志愿者，都是想做好人的人，而做好人最大的危险，不在于外部环境，在于“自命清高，自以为是，站在道德制高点，用道德的手电筒审视世界，藐视众生”。

所以我们一直在强调：修自己就好了，万万不可拿在课堂上学到的只言片语，去对付身边的人。即要“见贤思齐，见不贤而自省”；又要像路灯，照亮自己，顺便帮助别人；光而不耀，一切随缘，来者不拒，往者不追。（想一想，如果路灯会追人，是多么的可怕呀。）

现实生活中，凡“自命清高，自以为是”的人，其结果孤立自己不必说了，斩断无数善缘，失却一次次修行的机会，实在是可惜了自己的一份慈悲心。

这就是北大公益讲座的志愿者为什么在“放下名利”之后，还要提出“放下自以为是”的重要理由之一。尤其是对于北大公益讲座的讲师，能不能做到“放下自以为是”，绝非小事，而是关乎到能否通过付出，最终成就自己的大事。

2016年6月8日

要让别人光明圆融善，首先自己要努力去做到。

把好事做好

在一般人看来，志愿者都是好人，就是想要对别人好的那种人。但是，当好人是很危险的。很多人在做公益的时候，一心只想对别人好，却不了解，真正有力量、有价值的付出，应该是对人有所帮助。“对人好”和“对人有帮助”，是不同的。这两者有着很严格的区别。

“对人好”还是你自己的“以为”，以为给出的东西是别人的需要。我们常常听到有人说：“我都是为你好啦！”可是，对方是否真的因为“你为他好”，生活就好了，生命就向前迈进了呢？而“对人有帮助”，是你给出了对方真正需要的。前者以付出者的动机为标准，后者是以付出的最终结果为导向。前者是主观地认为，后者是客观的效果。

一项公益活动要持续下去，必须可以让志愿者从中有所收益。

这就涉及公益心的诱因问题。如果志愿者的付出，是从内在发出来的良知，是自己真正的需要。这种收益，就不会局限于外在的诱惑。因为外在的诱因是有限的，不能保证可持续发展。所以，北大公益讲座提出一个理念："甘愿付出，享受付出，帮助他人其实是成就自己。"从甘愿付出开始，一定要过渡到享受付出。因为帮助别人的结果，最后是成就自己。当你在帮助别人的过程中，自我生命品质不断得到提升，这件事便可以持续地做下去，并推而广之。如果仅仅是甘愿，仅仅是被外界的诱因诱导出来的助人之心，那叫"有所求"。佛家说："但有所求，必有烦恼。"做着做着，就会有纠结，生怕这个诱因会消失。这件事，请出马斯洛也没办法。真正有办法的是自己的那颗心。

只有当志愿者真正体会到自己的付出是对人有帮助的，而且在这个过程中能够成就自己，就把这件事想清楚了，就不会被外部的各种因素所影响，支持也好，不支持也好，表扬也好，不表扬也好，都不会有纠结了，因为是为自己而做，只是区区一念，去做就好。

北大公益讲座是以免费授课的形式来做一件对人有帮助的事。但当下这个社会，会说的人太多，人家为什么要信你？怎么办？我们还有一条理念是："用我们的做到，证明我们全部的说，是真实不虚。"一句假话都不说，一句空话都不说，一句废话都不说，全部的说，是真实不虚的。何以见得？用做。我站给你看，这60岁老头，一天能站9个小时。用事实告诉你：做好事会有好报，首先是身体好。如果做好事没有好报，谁还敢做呢？所以做公益，还应该有一个义务，就是让人看到做公益是有福报的。如果做了几年公益慈善之后，还是满脸纠结，一张脸又黑又苦，这就把公益慈善给败坏了。

北大公益讲座的四个理念的第一条就是："让每一个接受过我们服务的生命：光明圆融善。"要让别人光明圆融善，首先我们自己一定要光明圆融善，用自己的做到，来证明这个公益首先对志愿者有所帮助。做这样一件事，可以让自己成长，身边的人也因此受益，最后证明做这项公益是有前途的。我想，这也是志愿者的初衷与心声，让我们一起：把好事做好。

2016年8月15日

谁做谁得，
实修实证，
真实不虚。

谁帮谁

北京大学公益讲座创办迄今，已5年多，开课的城市和地区超过50个，志愿者有近万人。春夏秋冬一路走来，志愿者一批批加入，也有不少志愿者渐行渐远。常听到人说：“讲座实在太好了。我很愿意和你们一样，你们辛苦了，请告诉我，我来能帮些什么忙？！”

近日，在微信慧至堂与志愿者分享时，正好提及“帮忙”这一话题，大余001韩磊学长分享道：“谁做谁得，实修实证，真实不虚。在慧至堂能跟下去，有一点很重要，必须了悟我不是来帮忙的，北大公益讲座是我自己的需要，就会明白什么是享受付出，就能留下来。听到一个智慧，内心开始融化，感动，是你的福报。看到一群蓝色志愿者在一起，做最好的自己，羡慕，想成为，是你的慈悲。你好了，就都好了。”

如果我们是在行菩萨道，那就真诚地弯下腰，给每一位来听北大公益讲座的听众鞠躬，千万不要认为他们有什么问题，我们有什么办法帮他们解决，我们全部的做，只是要解决自身的问题。

如果我们是众生，千万不要以为菩萨需要我们帮助他们行善。愿意跟随，只是我们发现了自己的心性，潜意识的自己开始展现，从而知道了：只有通过行善，才能让自己从生命走向慧命。

如果我们想成为菩萨，就应该知道，是我们需要众生，而不是众生需要我们，为了一个更好的自己坚定地做下去。

北大公益讲座志愿者的所有做到，其实说到底，与别人无关，只是自己应该如是而已。否则，会在帮助别人之后，慢慢开始怀疑自己是不是被人家利用，还会生起看不惯有人爱占便宜的念头——在外部找退缩的原因。

北大公益讲座为什么不需要有人来帮忙？为什么依靠所有人，不依赖任何人？道理都在这句话里：一切是自己，自己是一切。如果不清楚这一点，志愿者很难走得更远。

言语道断。
任何解释，
在疑者面前都是苍白无力的。

2016年8月19日

不解释，不夺人所敬

五年多来，很多人怀着种种疑惑，在北大公益讲座的平台上进进出出。

有时候，我们也想解释点什么，然而，言语道断，任何的解释，在疑者面前都是苍白无力的，甚至越说越说不清楚，反而让人不解：这件事的背后，是不是有深不可测的图谋？或者好听一点叫：终极目标是什么？

信任你的人，自然信任你，理解你的人，迟早理解你。“知我者，谓我心忧，不知我者，谓我何求？”所以，做这件事只能一切随缘，顺其自然；来者不拒，往者不追。

其实，我们也并不需要那么多的听众，不想把一件简单的好事，做得累累的，因为做公益，持续地自得其乐，反而会产生影响力。

2016 年 10 月 1 日

只有把自己搞好了，或许能够对人有帮助。

收获一个更好的自己

老舍在《住的梦》里写道：“秋天一定要住北平。天堂是什么样子，我不晓得，但是从我的生活经验去判断，北平之秋便是天堂。”于是，像天堂一样的秋天，又来了。天安门广场经历的第 68 个秋天，带着喜庆的习习和风，迎来了一个新的开始……

去年的今天，我们刚刚达到 493 场，而今天，北大公益讲座已经走过 637 场。

一年过得真快，去年的金秋十月，我们才在深圳举办了“北大公益讲座第 500 场暨深圳第 100 场庆典”，今年的六月，我们已在丫山举办了第 600 场暨诗歌音乐舞剧《慧命之歌》的首演，“我们共同走过”讲座系列丛书，在 8 个月中出版了五册。

一年来，世界政治、经济格局的急骤变化，中国社会财富的创造与转移，人与人之间关系在更深层面向人文关怀方面的渐进式演变，微信朋友圈已经真正实现了“物以类聚，人以群分”的社会自由组合形态。

在过去的一年里，北大公益讲座的志愿者已经真正看到了：这个平台不是用来改造别人的，而是修正自己的工具，只有自己越来越好，才可能去影响身边最亲近的人，这也正是我们的初心。

人，固然应该有社会责任感，但不要轻言承担社会责任，如果自己都搞不定自己，非要去承担社会责任，结果往往是不负责任。所以，重要的是把自己承担起来，做一个好儿女，做一个好丈夫，做一个好妻子，做一个好孩子，做一个好领导，做一个好员工……非如此，不能证明北大公益讲座正在做“对人有帮助”的事。

在过去的一年里，一批批志愿者开始理解北大公益讲座的“三文主义”：文以载道，是我们追求在“道”的层面实现人生的价值；美文传道，是我们期许以最美的形式来传递正能量；以文修身，是我们愿意让自己变得文质彬彬，真正过一种有品味的生活。更多的志愿者已经开始明白：善良是“己所不欲，勿施于人”，而“己所欲，慎施于人”才是慈悲加智慧。

把好事做好，不是只要有了好的动机，就可以实现。而好事之所以很难做得好，是因为人放不下自以为是，常常将自己的认为，强加于别人，还口口声声说：“我是为你好啦！”北大公益讲座的志愿者，不是刻意要去证明自己是个好人，而是要做“对人有帮助”的事。所以，我们把自己定位为“路灯”：来者不拒，往者不追。因为追着路人走的灯，是“鬼火”！说轻一点，那是一种个人的骄傲，重一点是贪虚荣，再重一点是狂妄，是致命的自负。我们只是看到了，有机会就去做，做完了，就放下。

这些年来，我们之所以提出“默默前行，低调做小”，是因为“恐龙死了，蚂蚁还在”。把外人看来似乎是很高大上的公益，回归到只是改变自己，这是我们在遇到任何状况都不纠结的深层原因，因为自己是一切发生的根源，别人是来修我们的，我们是来成就自己的。

去年，我们创办了“丫山国际志愿者村”。我们知道，在“精准扶贫”的后面，还有一件事需要有人去做，这就是“文化入乡”。让我们意想不到的是，北大公益讲座原创的诗歌音乐舞剧《慧命之歌》，被村民搬上丫山舞台之后，竟然走进了深圳的大雅之堂。康德说过：“人类精神的最后归宿，是信仰和艺术。”在丫山志愿者村的村民身上，我们得到了实证。

金色的秋天来了，丫山国际志愿者村正在筹备七天长假之后，迎接来自全国各地的志愿者——这里将举办北大公益讲座第三阶“幸福是想出来的吗”（第 15 期）。

秋天，是收获的季节，我们正在收获一个更好的自己。

2017年4月25日

助人者，需增其所不能

有一次，我们在某中学开课，安排了一个“有问有答”的环节。一位中学生拿到话筒之后说：“我不是来提问的，我是来发表观点的，是否可以允许我上台？”我说：“可以。”

这位学生走上台，获得了热烈的掌声，他淡定地以领袖的手势，让同学们安静下来。然后，从容地说：“我的理想是当主席，不是妇联主席的那个主席，大家知道，是什么主席。”接着，他就一直讲着自己为什么能够做到的理由，大家也不停地为他的演讲喝彩。大约十分钟后，他开始词穷，我借机走过去，搂着他的肩膀，对着台下一千多学生说：“天将降大任于斯人……”

台下的同学即刻大声朗读起来：“必先苦其心志，劳其筋骨，饿其体肤，空乏其身，行拂乱其所为也，所以动心忍性，增益其所不能。”这些学生的背功果然不错。

年轻时有理想，有社会责任感，是一件很幸运的事。但，随着年龄的增长，人们渐渐会发现：想做的事，永远比能做的事多。

搞定自己都不容易，搞定别人就更难。于是，常常会纠结于：“为什么明明是想对别人好，却总是得不到理解和支持，也得不到应有的帮助？”

有一位常年在做公益的朋友问我：“为什么北大公益讲座提出‘来者不拒，往者不追’的观点？”我回答他：“佛说：度人之心不可有。无人可度！我们做北大公益讲座，只是自己修行，如果刚好能够对某个人有一点帮助，是因为我们说的正好人家心中都有。佛家还有一句话：‘菩萨需要众生，而众生不需要菩萨’！如果我们真想行菩萨道，最重要的是：如何找到有缘人？因为‘佛度有缘之人，药治可治之病’。”

六年多来，北大公益讲座的志愿者，一直在做一件对人有帮助的事，不仅是甘愿付出，而且是在享受这种付出。因为，我们牢记这只是一种自我修行，不是去拯救别人。

真正的修行，是在付出的过程中，让自己越来越强大，并且持续创造生命的效能——让自己不同！每付出一次，自己就成长一点儿，再付出一次，又成长一点儿。在付出的过程中，修炼的是我们的慈悲心和智慧心，不断地增强其所不能，这样去做，才叫付出，而不是牺牲。

而牺牲，之所以不能持续，是因为在做事的过程中，把自己搞得筋疲力尽，最后，让身边的人同情、担心、惋惜、渐行渐远……

真正的付出，是自由的，所以，可以使人充满创造力，并在创造中不断成就自己；真正付出，一定会得到回响，因此可以让付出的人在付出的过程中，能够得到能量的补充，变得越来越有力量。

真正的付出，是一意孤行、自得其乐的，即便是让人无法效仿和跟随，却也令人羡慕，让人感到“虽不能至，心向往之”。

北大公益讲座志愿的第三条理念“甘愿付出，享受付出，帮助他人其实成就自己”，可以说是精准地诠释了我们为什么可以平平顺顺地走过六年，并且越来越笃定的根本原因。

曾经有一位朋友这样问我：“‘菩萨需要众生，而众生不需要菩萨’。这句话是否可以理解为：医生需要病人，病人不需要医生？”

我回答说：“后一句不准确，应该是‘不知道自己有病的人，不需要医生’。”当病人不知道自己有病，而你想去度他（治病），他会非常反感，因为这个时候，他并不需要你对他好，你所有的针对他的病而做出的努力，都会适得其反。因为，那种强烈的要去帮助别人的行为，很容易演变为“自以为是”。而“放下自以为是”是北大公益讲座确立的一个最基本的准则。

2017 年 5 月 21 日

人生所有的创造，不是为了彰显，而是为了留下。

做不到的，坚决不去做

孔子说："六十耳顺"。是自然耳顺？还是应该耳顺？如果是自然耳顺，那是人生的规律，如果是应该耳顺，那是对人生的要求。

年轻的时候，要有所作为，自然是要积极进取，勇于尝试，逆风而上，坚忍不拔，而经历了几十年，知道了自己能做什么，不能做什么，即使能做的，也未必亲力亲为，全由自己做，应该让出机会，培养别人去做。因为，自己做，还是英雄，陪伴别人一起做，让别人比自己做的更好，才是真正的赢家，这就是最高境界："无为而治"。而人生所有的创造，不是为了彰显，而是为了留下。

孔子还说了："君子有三戒：少之时，血气未定，戒之在色；及其壮也，血气方刚，戒之在斗；及其老也，血气既衰，戒之在得。"就是说，君子有三种事情应引以为戒：年少的时候，血气还不成熟，要戒除对女色的迷恋；等到身体成熟了，血气方刚，要戒除与人争斗；等到老年，血气已经衰弱了，要戒除贪得无厌。当然，即便老当益壮，也应该去做只有自己能做、而别人做不了的事，也就是老子说的“无为”的事。一个人到了六十，如果能够做到“戒得”，自然也就“耳顺”了，因为，人生路上的不顺，大致都体现为：“求不得”。

耳顺，就是接受所有的发生，没有看不惯的事，知道了每一件事，都是应该发生的，甚至还看到了发生之前的因缘；听什么都声声入耳，都是好的，即使是常人觉得不好的，听起来都觉得好。因为，都看过了，都听过了，也知道了其中的因果，知道接下来会发生什么，知道这些发生的背后都有意义，只需要在那里静静地观察、洞见和验证世事的一次又一次轮回，享受智慧带来的快乐而已。

要真正做到“耳顺”，“戒得”很重要。“戒得”不仅是指“戒”名利上的“得”，而且包含“放下自以为是”：以为自己见得多，听的多，就要得到所有人的尊重，就要让别人接受自己的那点所谓的经验，别人不接受就不高兴。能够真正做到“戒得”，就是不以别人的观念评价为标准，去做自己感兴趣并能做得到的事，只有这样才能渐渐去接近“随心所欲不逾矩”的境界。

2011年，北大公益讲座刚刚创办之时，读到下面的这段文字，真是醍醐灌顶，于是，在“放下名，放下利”之后，加上了“放下自以为是”，而且我们一再告知志愿者：虽然我们有强烈的社会责任感，但北大公益讲座不去承担社会责任，因为我们做不到，做不到的事，坚决不去做。或许正是因为我们坚持了有所为和有所不为，才保证了北大公益讲座顺利地走到今天。

弟子问佛祖：“您既神通又慈悲，为何还有人受苦？”

佛祖说：“我虽有宇宙最大的神通力，但依然有四件事情是做不到的。第一，因果不可改：自因自果，别人是代替不了的；第二，智慧不可赐：任何人要开智慧，离不开自身的磨炼；第三，真法不可说：宇宙真相用语言讲不明白，只能靠自己实证；第四，无缘不能度：无缘之人，他是听不进你的话的，正所谓天雨虽宽，不润无根之草，佛法无边，难度无缘之人。”

正是因为我们了解了这些人世间的真相，这些年来，尽管我们开讲了700多场讲座，也有了一批志愿者，但我们一直很清醒，并不断在强调：所有在这个平台上受益的人，不是因为我们的课有多好，而是因为自己有智慧，而这些智慧的获得，是志愿者自己实证的结果，大家能够持续在一起共同学习、共同成长，那是因为我们缘分俱足，而每一位听众的因果不同，我们没有必要去强调这个平台有多好，修行路上只是各自随缘而已。

所有的发生，
都是功课，
都是让你来看自己的那颗心。

2016 年 1 月 6 日

洗衣机与无限纬度

1984 年，住在工地的临时工棚里，我们一家三口省吃俭用买了一台“金鱼牌”单缸洗衣机，记得是 144 元，相当于三个月的基本工资。在那之前，洗衣是最繁重的家务活，六天工作制，周末最辛苦的活就是洗衣服，尤其是南方的冬天，水很冷，洗完衣服，手冻得像胡萝卜。

到了 1988 年，市场上时兴以旧换新，单缸换双缸，旧的单缸洗衣机折合 80 元，可以换 336 元的“兰花牌”洗衣机。于是，决定换！因为，单缸洗衣机虽然解决了洗的问题，但挤干衣服，仍然是让人痛苦的事情，工作服很厚，被单、被面更是难挤干，常常需要两个人一人拉着一头才能完成。

我们在商家交完钱后，星期天就等着。工人送货上门后，就把旧洗衣机搬上车，一溜烟地拉走了。就在我最后看了一眼旧洗衣机的瞬间，突然有一种很强烈的不舍：它帮我们做了那么多辛苦的事，我们就这样，抛弃了它。我知道，这样想是“有病”！但，因为那个念头太强烈，我一时无法抹去，还是伤心了好一阵子。一直到现在，当时的感觉还是那么清晰。

洗衣机是什么呢？或者说，我们买洗衣机，买了什么？这样问问题，是不是有一点怪？等这篇文章结束时，我将给出一个自己的解释。

我们买洗衣机，买的是两样东西：一是它的物质性，二是它的功能性。没有机体，就不可能有功能，但有机体，如果没有功能，还不是洗衣机。于是，说到底，我们买的是功能，如果能实现功能，机体不是必需的，进一步说，如果衣服都不需要洗了，功能的需求消失了，机体就没有了存在的必要。

在佛家看来，人的肉身只是本性的载体，那个本性是轮回的，但是，本性俱足的人们，只看到“自我”，看不到“本我”，于是执着于肉身，以及与肉身相关的名、利、权、情，如同买了一台洗衣机，只看到了物体，看不到功能。

把这一层理解了，再去读“身是菩提树，心如明镜台。时时勤拂拭，莫使惹尘埃”就好懂了，要让洗衣机发挥功能，不仅要爱护机器的外壳、零部件，注意保养，还要知道如何保护功能，不可超负荷使用，如果功能失效了，机器外壳和主要零部件再好，也没用。

人也是一样，身体和心态，亦如物体的洗衣机与洗衣机的功能。身体需要保养，心态也不能染尘。所以对“时时勤拂拭，莫使惹尘埃”，就比较容易理解的。

再进一步思考：“菩提本无树”说的是：洗衣机的机体，本来是不存在的，使用之后报废，又回到什么也不是。“明镜亦非台”说的是：洗衣的功能，其实也是不存在的，是洗衣机机体的机械运动，创造了这样一个功能，如果是洗衣机报废，或者今后的衣服不用洗，这个功能也还是会消失。所以，太执着于那个存在的洗衣机，是没有意义的，是“有病”，是自己想出来的“病”。这个“病”就是“尘埃”，于是，知道了如果明白“本来无一物”，就不会“惹尘埃”。

“菩提本无树”这个好理解，地水火风，四大皆空。但“明镜亦非台”，就容易让人犯迷糊了。心应该是在的呀，否则，如何修心？其实，这里的“明镜”，并不是真正的内心，而是外缘照出内心的贪嗔痴，外在的东西没有了，心中的魔就消失了。

所有的发生，都是功课，都是让你来看自己那颗心的，这个发生如同明镜，它不是台，只是镜，让你看到你自己。当你照见自己的贪嗔痴之后，你不需要去拂拭它，只需要修自己就好了，那个东西就走了。

所以，多数人在外缘符合自己心念时，生出喜悦心，而外缘不符合自己心念，就生出嗔恨心。于是，这个“台”就要勤拂拭，因为总是心随境转。当了悟“明镜”是外在的发生，而非内在的“台”，外缘的一切都是可以接受，不生喜悦心，也不生嗔恨心，一切都以平常心对待之，这个时候，就可以做到：心能转境了。

洗衣机能存在多久，不知道，反正以前是没有的。但洗衣机的功能——圆周运动创造的功能，却一直会存在下去，即使地球没有了，宇宙还是会这样运行下去。

相信在我们的身上业已存在的某一种东西，不会因为我们肉体的消失而消失，而会存于宇宙四纬之外的无限纬度之中。

2016 年 3 月 13 日

命业与成败无关，与大小无关，与别人无关。

人生三业

人生有“三业”：职业、事业、命业。

职业是你为了养家糊口必须去做的事，未必愿意一直做下去，却不得不为之；事业是你为了让尽可能多的人能够养家糊口的一种责任，未必愿意退下来，却总是要让它后继有人；命业是一群有缘的人，一起干一件命中注定要做，而且不存在退休的事儿，是上天对你的一种巧妙安排。这个安排一旦被你发现，你便会心悦诚服地接受，一直做到生命的最后一刻，也无怨无悔。因此，命业与成败无关，与大小无关，与别人无关，在做的过程中，只是在成就自己的同时，顺便能对别人有所帮助而已。

关于“对人有所帮助”，有一个很大的误区：以为是要去改变别人。其实，要改变一个人，不是比较困难，而是绝无可能！即使你看到他在你面前是多么感动，表现出对你多么深切的感谢，接下来，他的行为只是依据其生命内在本质的东西在延续，与你毫无关系。每一个人到最后，都是自己陪伴自己离开这个世界。

尽管人都不可能是全能型的，但在实现命业的平台上，正是因为大家都不是全能的，才有了合作和共修的空间。同时，因为大家处于对生命品质高度认同的状态，才使沟通变得相对更容易一些，进而形成共同学习、共同成长的氛围。大家在一起，既能同甘，也能共苦，因为这里面已经没有世俗的甘苦，只是享受付出，而付出的回向，可以不断加持生命内在的能量，这是在任何政治或经济组织形式中都无法想象的：一无所求，心满意足。

命业合作带来的红利是非排他的，可以多次复制，无穷分享。因为实现命业的过程，是享受付出的过程，这个过程近似于热力学的“增熵”，亦即经济学的“帕累托最优”。

在实现命业的过程中，做一个真正的自己，而不是去打拼一个别人认为的所谓辉煌的未来，这是一件有着重要意义的事情。因为活在当下，努力去做自己真正喜欢做，且妙趣横生的事情，是生命存在的最好形式。

只要是你真正喜欢并愿意做的事，里面一定蕴含了你真正的天赋，事情本身可以使你意识到：选定一条路，另一条路的风景便与你无关，因此不会患得患失，左顾右盼，从而能够以自己喜爱的方式度过属于自己的每一天。

2016 年 3 月 25 日

感恩是自律，
不是对别人的要求，
更不可去祈求。

只是付出，只是感恩

北京大学公益讲座第一阶的第一句话就是："感恩不是什么大德行，感恩是生命内在应有的品质，一个人一辈子只要学会感恩，他的人生道路一定会走得平顺；正如慈悲，慈悲不需要理由，慈悲是生命的源代码……"

尽管每一次都重复说这句话，但即使是听过许多遍的志愿者，也未必都能够记住这句话，并理解北大公益讲座的课程，为什么要从这句话开始。

先讲一个故事吧——

二战时，一个犹太家庭遭到迫害，大儿子和小儿子分别去寻求帮助。大儿子去找曾经帮助过自己的人，小儿子去找自己曾经帮助过的人。结果大儿子获救，小儿子却被出卖了。

有人因此得出以下结论：爱你的人，会一直愿意为你付出；你爱的人，却不一定愿意为你付出。在现实生活中，真正对你忠诚的，都是曾经给过你恩惠的人、爱你的人。

但事情似乎不是这么简单。这个故事或许还可以给我们另外的启示：

一、那些曾经帮助过我们的人，他们不仅有爱心，而且有一定的能力。如果我们一直都是一个懂得感恩的人——这一点很重要！那么，在他们的心目中一定会留下美好的印象。这种付出与感恩的正循环，正是大儿子求助获得成功的双向条件。

二、对于自己曾经帮助过的人，或因协助使之成就了一番事业，那都是过往岁月中累积的“存款”，纯粹隐遁于无形之中。遇到困难时，对方或许会想起那些共患难共荣辱的经历，因为“有感情”。而在那个当下，对方有没有能力提供帮助，如果有能力，帮还是不帮，那要看他的能力和德行了。

难得一见的国产电影佳作——《老炮儿》中就有这么一个情节：英雄迟暮的六爷，为了救儿子，到处筹钱。找到一位自己曾经救过，现在混得风生水起的弟兄，可坐下说话还不到一支烟的功夫，就被人下了“逐客令”。六爷顿时勃然大怒：“你以为我是来‘讨债’的吗？”

从这个桥段联想到小儿子被出卖的结局，不难看到：那些曾经接受过他帮助的人，现在有没有能力提供帮助，还得两说。何况如果对方误解为是来“讨债”，就很麻烦了。因为对方认不认这笔“债务”，这笔债务是多少，是一件很难确定的事，而且也没有统一的标准。即便是对方认账，在面临生死抉择的时候，如果对方意识到可以通过出卖来勾销以往的债务，风险就更大了。而且，过去帮的越多，风险就越大。这就是小儿子求助失败的根本原因。

三、中国古语说得好，“施恩图报非君子”，如果没有绝对的把握，万万不可将生死攸关的事情，希冀寄托于别人的报答上！

真想对人好，做完了，就放下。感恩是自律，不是对别人的要求，更不可去祈求别人对你感恩。

北京大学公益讲座对所有听众的感恩，是发自内心的真诚，因为没有听众，我们就做不成这样一件公益，而没有志愿者的参与，就没有大家共修的道场。所以，我们的每一份付出，当下已经获得满满的回报，付出与回报在同一时空同体实现，哪里还有理由不感恩？哪里还有理由事后图报呢？

做，就好；做了放下，就更好啦！

2016 年 3 月 26 日

我们绝不认为自己做公益，就立于道德的制高点。

清醒修行，明白做事

马克思的女儿燕妮，问历史学家维特克：“您能用最简明的语言，把人类历史浓缩在一本小册子里吗？”

维特克说：“不必，只要四句德国谚语就够了：1. 上天让谁灭亡，总是先让他膨胀；2. 时间是筛子，最终会淘去一切沉渣；3. 蜜蜂盗花，结果却使花开茂盛；4. 暗透了，更能看得见星光。”

为什么北京大学公益讲座必须从第一阶开始听，因为第一阶有个非常重要的环节是关于谦卑心从何而来，志愿者不论年龄职业身份，愿意为每一个听众服务，并且坦诚自然地给听众鞠躬，是因为在这个环节，悟到了谦卑的品质不是被教育的观念，而是生命对宇宙的敬畏。

北京大学公益讲座有一个吉祥数是“19”，19 的谐音是“要久”。我们的志愿者发愿：要从 2011 年做到 2040 年，鸦片战争两百周年，不仅要见证中华民族的伟大复兴，而且愿意尽自己的绵薄之力，为这个国家，为这个民族，为这个社会，做一些对人有帮助的事，而这件事不在于做多大规模，做到多大影响力，只是希冀一直做下去，因为时间是筛子。

北京大学公益讲座为什么“不做广告，不接受媒体采访，不接受捐款”？因为我们相信：善是这个世界的本源，是可以通过有心或无意传递的，只要我们发的是正心正念，做的是对人有帮助却不图名利回报，而且绝不认为自己做公益就立于道德制高点，那么，传播就不是一件难事，满园君子兰，是迟早的事，功到自然成。

北京大学公益讲座第一阶最后一个环节，是行为艺术：《慧命之光》。它揭示了一个重要的宇宙法则：在黑暗之中，只要有一支蜡烛被点燃，就会给周遭的世界带去一片光明和希望；蜡烛只需要点燃自己，周边的空气一定会靠拢，为燃烧提供所需要的氧气，这件事不需要前期论证，只需要相信，因为付出与回报同时发生。相信，就好；做了，就到了。

唐贞观十七年，唐太宗因魏征病逝，留下这句经典：“夫以铜为镜，可以正衣冠；以史为镜，可以知兴替；以人为镜，可以明得失。”而燕妮的一问，引出维特克的这段经典回复，给了我们志愿者的启示同样是深远的。

2016年3月28日

修行忌讳：
心不安，
志不坚，
浅尝辄止，
见异思迁。

专注，并一以贯之

北京大学公益讲座的“一二三四五六”中，我们说得最多的是：三个放下，四个理念，五项原则，还有六字箴言。而“一”是什么呢？“一”就是公益我们只做这一件事。这与六字箴言“专注，谦卑，喜悦”中的专注，既相通，又有不同。专注既是指做这一件事，也包含在做的过程中，认真对待每一个细节。

专注，是一件很不容易的事——

一个行者问老和尚：“您得道前，做什么？”

老和尚：“砍柴、担水、做饭。”

行者问：“那得道后呢？”

老和尚：“砍柴、担水、做饭。”

行者又问：“那何谓得道？”

老和尚：“得道前，砍柴时惦记着挑水，挑水时惦记着做饭；得道后，砍柴即砍柴，担水即担水，做饭即做饭。”

修行是一件长期的事，所谓八万四千法门，也就是条条道路通罗马，坚持走下去，总有一天可以到达，东跳跳，西走走，心不安，志不坚，总是浅尝辄止，见异思迁，自然是收获甚微。

2016 年 3 月 29 日

不为什么，
只是为了一个更好的自己。

不为什么，只为自己

1910 年，周恩来 12 岁。有一天老师向学生们提出了一个问题：“请问为什么读书？”有的学生说：“为光耀门楣而读书！”有的回答：“为了明礼而读书。”还有一位学生回答说：“我是为我爸而读书的。”轮到周恩来时，他站起来铿锵有力地回答道：“为中华之崛起而读书！”

而早在 1483 年，王阳明在京城的私塾读书。有一天，他一本正经地问老师：“何谓第一等事？”这相当于是在问：“人生的终极价值是什么？”

他的老师吃了一惊，因为从来没有学生问过他这样的问题。但他还是很快做出了坚定的回答：“当然是读书做大官啊！”

王阳明严肃地看着老师说：“我认为不是这样。”顿了顿，一脸郑重地继续说道：“我以为第一等事应是读书做圣贤。”

《论语》有云："法乎其上，得乎其中；法乎其中，得乎其下。"人生即实证，立什么样的志，便成什么样的人。常常有人会问："创办北大公益讲座是为了什么？"我们的回答是："不为什么，只是为了更好的自己。"在这样的表述中，既没有宏观叙事的磅礴，也没有"以天下为己任"之张扬，因为这是一件要做很久的事。其实，关于北大公益讲座究竟为了什么的问题，志愿者的第一条理念，已经做出了明确的回答："让每一位接受过我们服务的生命：光明圆融善。"

这条理念蕴含着这样一个逻辑：既然要让服务对象"光明圆融善"，那么，志愿者自己首先就要"光明圆融善"起来。于是，服务别人的过程，是反求诸己的过程，是向内求，通过自己的改善，从而对外部产生一定的正面影响，有了服务对象良好的反馈，就会增加自信，进一步改善自己，如此循环往复，最后就把自己成就了。在这个过程中，帮助别人是手段，成就自己是目的。因为，一个人只是为自己好，或许能成功，而只有为别人好，才能实现人生的终极价值。

北大公益讲座志愿者，对于"读书做圣贤"，自然是"高山仰止，虽不能至，却心向往之"。因此，在服务别人的过程中，别无他求，只是为了让自己离圣贤更近一些，于是，就心甘情愿地付出，并且享受这种付出的过程。

2016年3月31日

多数人都想改变世界，
只有少数人知道，
人生需要改变的是自己。

改变并完善自己

网上看到这样一个故事：

乌鸦往东飞，遇到鸽子。都停在一棵树上休息，鸽子见乌鸦飞得很辛苦，关心地问："你要去哪里？"

乌鸦忿忿答："其实我不想离开，可是这个地方的居民都嫌弃我的叫声不好听。"

鸽子好心地说："别费力了，如果你改变不了你的声音，飞到哪都不会受欢迎的。"

北京大学公益讲座在第一阶开场时，会开宗明义提到："三个小时之后，你离开这个课堂，带走的全部是你生命中本来就有的。我们只是帮助你打开天眼和慧眼，看到了一个真实的自己。"

"人长着一双肉眼，专门是用来看别人的，而且常常只是用来看别人的缺点，所以，容易产生一种强烈的冲动：就是不停地去想如何改变别人，即使意识到了自己也有问题，也不愿意改变自己。其实，这个世界没有人可以被你改变，能够改变自己就很了不起了。”

托尔斯泰说过：“多数人都想改变世界，因为不信道，只有少数人知道，其实人生需要改变的是自己。”

这与佛所说：“无人可度”，“度人之心不可有”，有着异曲同工之妙。

北京大学公益讲座的初衷是，建设一个志愿者自我修行的道场，现在已经走进了第 6 年，之所以还能存活，除了外部宽松自由的环境之外，重要的是我们坚持只是修自己，这是一个根本的内因。

我们坚持“专注、谦卑、喜悦”，坚持“来者不拒，往者不追”，坚持“低调做小”，都是立足于改变自己，而不是去改变别人，更不是建立在教导别人、苛求别人的基础之上。

改变自己，就是不要陷入对人和事的是非对错评判，一切发生都有道理。每一片雪花都不会落错地方。我们只需做到“见贤思齐，见不贤而内自省”，就可以了。

改变自己，就是让自己与真善美在一起，让自己真实地活着，并坚守善良的底线，不断提升审美情趣，让自己的生命越来越好。

改变自己，就是要真正地了解自己，接受自己，直至扩大自己，最后超越自己，让自己在这一生中具足智慧。而当你真正超越了自己之后，你连想都不用想了，你根本不需要放任何心思在自己的身上，因为都可以，都好了，都有了。唯有这样，帮助别人才有力量，而不是在帮助别人时，却把自己掉进去了。

自己好了，周边的世界将因你而变，当然，首先是家庭成员和身边的人因你的改变而受益。

这就是北京大学公益讲座想做和正在做的事。

2016 年 4 月 2 日

子曰：
“未能事人，
焉能事鬼？”

“非宗教”的信仰

某一天，与一位老同事聊天，谈到了北大公益讲座。在问及志愿者有什么信仰时，我说：“我们是非宗教的公益活动，旨在信善、行善，完善自己。所以，对于任何宗教的听众都‘来者不拒，往者不追’。如果非要问我们志愿者信什么？我们信‘光明圆融善’。”

这位老同事建议：“还是去上教堂比较好，因为基督教已经两千多年，一切都是现成的，没有必要再去创什么新的东西，而且神已经把一切都说完了，人只要照着做就行。‘人一思考，上帝就发笑’。”

此番好意，当无可非议。特雷莎修女，让我对基督精神感动，难怪，希拉里说：“我只配给特雷莎修女拎鞋”；证严法师也让我对佛教感动，我从台北出租车司机嘴里得知，台湾的相当一部分慈善款，都捐给了慈济。

在这两位不同宗教的女性代表身上，我们在看到她们心中大愿的同时，也发现了她们身上的一个共同点，那就是：做！做什么？做对人有帮助的事。为什么会这样舍命去做？因为帮助别人，即是成就自己，她们也的确把自己给成就了。

所以，如果要用一个字概括北大公益讲座，那就是“做”！从根本上说，我们的讲座不是“讲座”，而是“讲做”。“讲座”只是相上的东西，本质上是一群修行人为着共同的追求，结伴前行。

北京大学公益讲座为什么要坚持“非宗教”？理由很多，其中重要的一条是：因为宗教很深，那是“高等数学微积分”，我们只是在做“加减乘除四则运算”，只是在做一个平民的关于热爱生命的心灵分享课程。尽管在我们的课程中，会引用不同宗教的不同观点，但我们不属于任何宗教派别，我们只是在做文化，做一项平民的公益文化活动。

坚持做这样的公益，至少在中国大陆，是具有相当广泛性的，我们可以跟没有任何宗教信仰的人，以及信奉任何宗教的人一起，分享生活的智慧，探讨生命应有的品质，共同学习，共同成长。这里没有老师，只有“学长”（共同学习共同成长的简称）。

或许有人担心：你们这样下去，会不会成为一群“迷途的羔羊”？

关于这一点，我们也是很清醒的：与其一知半解以宗教的名义去传播自己未必做得到的东西，不如用自己当下的做到，证明自己所说的，都是来自真实的相信，是真实不虚。

认真地做一个在上帝面前诚实的人，做一个在佛陀面前不打诳语的人，这是一个关于信仰的很严肃的问题。我们志愿者一直把“找回真实的自己，改变之、完善之”作为修行的目标，作为美满人生的重要价值，并相信这与任何宗教的教义是不冲突的。

其实，“上帝在每个人的心里”、“佛在心中”，还有阳明心学的“无善无恶心之体，有善有恶意之动，知善知恶是良知，为善去恶是格物”，讲的都是一回事儿，不外乎都是告诫人们要向内求法，修己达人。

需要指出的是，“因信而称义”固然没错，但还只是第一步，知道了，还要看你做不做，不做，终是一场空。佛也好，主也好，救不了任何人，一切都还是要靠每个人自己去做到“知行合一”。

错了，忏悔，再错，再忏悔……不要仅仅当作是上帝的宽容，佛主的慈悲。其实他们的宽容与慈悲，是因为他们知道：人很渺小，而且一生也就百年，人生，不过是老天给了我们一次经历的机会而已。而且他们是用自己的做到，让人们了解什么是宽容，什么是慈悲。

我们千万不可以认为，因为上帝是宽容的，佛主是慈悲的，就可以明知故犯，甚至一错再错；我们千万不可以认为，只要嘴里说“信”了，就可以“称义”，得到神明的保佑，得到佛主的加持，就可以自欺欺人，就可以不去作为，甚至可以胡作非为，然后，通过祷告和忏悔扯平。

基督教讲上帝无处不在，意思是让信徒要小心谨慎做人；佛说因果，也是讲善有善报，要小心谨慎做人。而做人，说到底还是一个“做”字，不做，人还是立不起来，立不起来，何以面对上帝，面对佛？亦如孔子说的：“未能事人，焉能事鬼？”

我们并不忌讳别人说我们是一群走在回家路上的“羔羊”……

2017 年 1 月 18 日

美丽乡村建设，
先是经济打基础，
然后是文化助提升。

话说“文化入村”

芹洋村 38 位村民，于 12 月 11 日乘坐大巴，到达丫山，第二天首次走进北大公益讲座的课堂。15 日有村民在讲台上发愿：回去之后，要让芹洋村无烟头，无垃圾。

正是这批村民，于 16 日 20 点回到了芹洋。17 日凌晨 6 点，一群穿上蓝色志愿者服的村民，带着家人（包括孩子），自发地在村里各个角落，拾拣垃圾，在 8 点前，运出了四拖拉机斗的垃圾。

“蓝色旋风席卷垃圾事件”在芹洋全村引起了热议。在当天晚上的村民大会上，志愿者告知大家：“走向文明，从讲卫生开始！没有卫生，就没有美丽乡村。”

我们有充分的理由相信：在各级政府全力推进“精准扶贫攻坚”之后，一批由政府“出人、出力、出策”扶持起来的美丽乡村，将成为现代中国农村的一道风景线，彰显从中央至省市县乡（镇）各级政府为解决“三农”（农村、农业、农民）问题，付出的努力以及取得的成就，并证实中央政府在免征农业税之后，又一稳定农村政策的成功。更重要的是：在这些成就的背后，也给出了基层涉农干部以及少数愿意回到家乡生活的外出务工人员一个美好的期许：“逆城市化”的发展趋势，已经悄然而至。

“逆城市化”的过程，基于以下几个方面因素：1.“大城市病”越来越严重，生活成本越来越大；2. 城乡之间的交通改善、通信便利，已经缩短了城乡差别；3. 一大批年渐衰老的进城劳务工人员，并没有从精神文化层面融入城市……在众多因素的相互作用下，人口向美丽乡村流动，已经开始成为一种趋势。

真正的美丽乡村，不是留守村民的乡村，需要外出务工人员的适度回归，以及外来高素质人才的入驻，这才有可能形成一种生机勃勃的乡村文化，因为城市之所以吸引人，重要的是文化，而不是马路和高楼。

真正的美丽乡村，应该在夜幕降临之后，有着相应的村民喜闻乐见的文化生活，而不仅仅只是电视和麻将。

真正的美丽乡村，不仅仅是人与自然的和谐，还有人与人之间的和谐。因为，人既希望能生活在山清水秀的自然环境中，又需要生活在人与人和谐相处，身与心一致的文化氛围中。

总之，真正的美丽乡村，不仅仅是基础设施的建设，经济增长方式的改变，还有一项重要的事情要做，这就是：文化入村。

尤其是对于那些具有悠久文化历史的古村落来说，如果只有新建的洋房（外出务工人员盖完房后并不是为了回来居住），而没有人气，古村落还是会渐渐消失。

保护古村落，各级政府当然责无旁贷，但如果这项工作仅仅是政府出于对文物保护的自觉行为，即使不考虑成本，其人文价值也会大打折扣。所以，“文化入村”是让古村落焕发生机不可或缺的重要因素，因为相对于城市来说，乡村的宜居性，很大程度上取决于文化，否则硬件上再美丽的乡村，还不能算是宜居的地方。而且如果美丽乡村不是宜居的地方，则仍然挡不住因城市化而造成的人才流失，而如果乡村为数不多的人才继续流失，政府投再多的钱，也挽救不了古村落的败落。

人是群居动物，而且向往文化生活——这是在“精准扶贫”的基础上，我们提出“文化入村”的题中之意！

2015 年 11 月 2 日

用自己心中的光明，
让梦想照进现实。

寄语未来的讲师

要成为北大公益讲座的讲师，有一个很重要的条件，就是看你还有没有一种强烈的冲动，为自己的孩子大声地念诵余光中的《写给未来的你》！

如果我们心中没有这样一种坚定的人生信念，又何以站在台上，理直气壮振振有辞地说："光明圆融善"，说从生命走向慧命呢？

对于北京大学公益讲座的志愿者来说——

讲师是枷锁，要甘愿把自己套在理想主义的精神状态中，并从中得到享受；讲师是梦想，让自己的人生追求，永远比现实高出那么一点点；讲师是慎独，是自己对自己的要求，而所有的说，其实只有一个听众：就是自己；讲师是承担，先把自己承担起来，然后，或许能够承担并化解别人的苦厄。

所以，讲师要鞠躬，躬都鞠不了，说明没听懂第一阶，没有亲临银河系的上空，俯瞰整个银河系，或者，到是到了，还没有回来——因为，从银河系回来的人，都是谦卑的。

所以，北大公益讲座是“讲做”！而作为一名讲师，惟有用自己的做到，才能使生命越来越好；惟有用自己心中的光明，才能让梦想照进现实；惟有用自己的坚定的笃行，才能让理想永远相伴。

写自己的相信，
写自己的做到，
写自己做到之后周边环境的变化。

2016年11月13日

怎么写分享文章

我经常收到志愿者写来的分享文章，印证了我们正在践行“以文修身”。相信大家在写作的过程中，都有各自的体会，这里与大家分享的是，在写作北大公益讲座的分享文章时，应注意的事项，以此共勉。

一、“用我们的做到，证明我们全部的说，是真实不虚。”

写文章就是在说，所以，要用自己的做到来说。说我们自己的“做”，说我们自己的“做到”。写作即写“做”，写我们所做，做我们所写。这样的文章，才有说服力。

最忌讳写成教导别人应该怎样做的文章，那些是网络上的“心灵鸡汤”，应该怎么做人做事的文章，朋友圈里已经太多了，而且论证“为什么要这样做”的文章也不少，这些文章引用太多古人的话，古人的做到，别人的故事来证明，就是不谈自己的做到。教导别人必须去做到的文章，我们可以统称为书本上的知识，它还不是行动中的智慧，所以读者有限。

二、“用我们的做到，证明我们全部的说，是真实不虚。”

这其实是志愿者写分享文章的秘籍，是诀窍所在。按照这样的思路去写自己的做到，就能写出大家喜闻乐见的文章，因为读者都爱看作者做到“光明圆融善”之后，周边环境是如何改变的，自己是如何受益的，于是你只是用案例，用自己生命中的真实发生，在证明心真的能转境，进而证明“决定幸福的是心而不是脑”。这样的文章有力量，而且也是为自己的做到加持。

总之，一句话：写做，写做到，写做的过程中的感悟，就是好文章，至少有新闻价值。

三、“一切是自己，自己是一切。”

这里面最大的秘密是“改变的力量”。写自己的改变之类的文章，比较能吸引读者。比方说：写对一件事情的看法，过去是怎么看的，现在发生了怎样的改变；写自己渐渐会在遇到烦恼时想起“一切都会过去”，然后，就不生气了；写过去看不惯的事，现在看得惯了……这些改变都是真实的案例，有亲切感，读者会产生共鸣，能够与你感同身受。如果还能进一步分析：这些改变是怎么产生的？为什么现在不再纠结？是用事实说话，而不是逻辑推演；用真实的、生动的文字表述，不是堆砌华丽的词藻，反而能打动人。因为，说一万条道理，不如做一件事情，更让人看到讲座的力量。

人家凭什么相信北大公益讲座讲的是“真实不虚”，因为我们这群人真的在做，而且一直都在做，越做越开心，越做越有劲。很多人走进北大公益讲座的课堂，是带着满心的怀疑来了，他要看个究竟，于是听完你的说，便观察你的做，从你的做中，一件一件去考证，最后终于相信：“你们是玩真的。”所以，如果你能把自己的思想观念的转变说出来，就是好的课堂分享；写出来，就一定是好的文章。

总之，一句话：真实就有力量，生动就有吸引力。

四、要写人人心中都有，个个笔下皆无的文字，这样才有可读性。

有道理的话，都被别人说尽了，只有自己经历的发生，才是唯一新鲜的。而每个人在一生中，都有独特的故事，把这些故事提炼出来，因为是原创的，所以是唯一的，能够打动人。把道理都放在故事中，让人各取所需。

在写的过程中，可以尝试夹叙夹议。如果要让自己的语言多一点幽默，不妨学习相声的手法：讲故事，用悬念，然后抖包袱，最后让人豁然开朗。

五、北大公益讲座的“三个放下”、“四个理念”、“五项原则”，是有逻辑的，是深植于当下中国国情的，不需要我们再从理论上去论证了，论证的文章容易让人读起来感到枯燥。这个课程已经讲过600多场，现在还能继续下去，就已经证明这些理念的可行。

所以，分享文章只需要写自己的理解，分享一路做过来的感言，写自己的相信，写自己的做到，写自己做到之后的成果和周边环境的变化，就足以感动人，感动人的文章，才有人愿意读，人家愿意读，写作才有意义，这样的写作才叫“修身”。把自己的身心修好了，才能让每一位接受过我们服务的生命“光明圆融善”。

总之，一句话：为自己而写，写给自己看。

2015 年 10 月 1 日

事事如意只是一种祈愿，
事事愿意才是应该去做到的。

2015 国庆感言

国庆来了，长假来了。

去年的今天，北京大学公益讲座走到了 343 场，整整一年，现在已经是 493 场。第一个 100 场，我们用了 500 天，而最近的 150 场，我们只用了 360 天，眼下正在筹备“第 500 场暨深圳第 100 场”的课程及活动。

在过去的一年里，已经有 批志愿者发现，北大公益讲座真正吸引人的地方是：潜移默化地引导大家拥有一个更好的自己，这正是我们的初心。人生，不忘初心难得，坚守初心更难得。而要真正做到笃初慎终，唯有去做对人有帮助的事，才是不二法门。

在过去的一年里，一批志愿者在修行中，渐渐成长，并终于明白：慈悲固然好，但若没有智慧，好事很难做得好。北大公益讲座的发心，不是“对人好”，而是“对人有帮助”！“对人好”，还是自己的“以为”，很多时候，这种“以为”，其实是一种骄傲，甚至是虚荣和狂妄。而“对人有帮助”，直指结果，要达到这个结果，是需要智慧的，看清因果，了悟因缘，是修行的功课。否则，好心也可能办坏事，适得其反。

在过去的一年里，已经有一批志愿者开始觉悟：人，一旦愿意回到改变自己的日子里，身边的一切自然会向好的方向转变。很多志愿者已经用自己的做到，证得了：不要试图去改变别人，唯一可能改变的只有自己。只要抓住这个“唯一的可能”努力去做，真正做到了，周边的环境就会因你的改变而改变。

世界虽然很大，一个人能做的事，能做成的事，却并不多。所以，“事事如意”只是一种祈愿，多数人说过之后，连自己都不会相信，因为“人生不如意十之八九”。然而，若讲“事事愿意”，这是人人都可以做到的事。愿意，就是凡事回到自己的初心，搞定自己就好，与别人无关。所以，北大公益讲座聚集了一批这样的志愿者，他们甘愿付出，并享受着付出。

国庆来了，长假来了，在这个小小的星球上，能够与国庆同欢庆的人，是快乐的！

秋风来了，秋雨来了，在奔波忙碌的人海中，能够与秋天共收获的人，是幸福的！

2016 年 1 月 1 日

做事肯定会遇到困难，
但，
无所事事，
人会受不了。

2016 献辞

关于“历史”的概念，在地球上的所有生物中，只有一种生物，意识到它与自己的生存息息相关，这就是人类。

人类需要从历史中，学习如何正确地处理当下的事情，因为当下的许多事情，都是历史的重复；学习如何从历史的延长线中，预测未来的发生，从而做好应有的准备。然而，自从科学产生之后，社会的发展速度，已经越来越快，尤其是网络让地球变成了“村”，人类活动的频率和速度，已经让人目不暇接，脚步越来越快的同时，时间却越来越不够用，因而关注历史，成为一件非常奢侈的事情。过去的经验，究竟对当下和未来具有多少实用性，一直被一种叫作“与时俱进”的观念所质疑。

随着 2016 年钟声的敲响，2015 年已经成为历史。

过去的一年，给我们每一个经历过了 2015 的人，留下的究竟是正台阶，还是负台阶？新的一年，将从哪里起步？这的确是一个问题。

修整也好，变道也好，滑行也好，提速也好，都不是问题的关键，问题的关键是：我们内心真实的需求到底是什么？还要不要勉强去做自己已经真的不想做的事情？还有哪些事，能够让我们觉得做起来更有意义，而且不会觉得心累？

心为什么会累？因为不愿意。

“愿意”是什么？“愿”就是“原来的那颗心，即初心”，“意”就是“那颗心每日都立在那儿”。而“不愿意”就是“初心不在，心猿意马”。所以，在未来的日子里，无论这个社会如何变，自己的那颗初心不能变，要坚守在那儿，如果变来变去，把自己都弄丢了，当然会很累。

当我们知道自己真正的要是什么，进一步知道与时俱进的变，只是需要“转”，是放下我执，于是，名也好，利也好，对也好，错也好，都已经不重要，都可以放下，而让自己活得快乐，快乐地活着，这才是最重要的。

2016 年，做事肯定会遇到困难，但，无所事事，人会受不了；做错了事，就更难受。所以，要力争去做那些自己愿意做，又对人有帮助的事，肯定不会后悔。因为，只会收益快乐，没有心力成本（或成本很小），这叫“快乐投资学”，是经济学之外的关于投资回报的理论。

北大公益讲座已经走进第六个年头，今年的 2 月 14 日，即将满五周年了。有一个著名的“一万小时定律”：要成为某个领域的专家，需要一万个小时。如果每天工作八个小时，一周工作五天，那么，成为一个领域的专家，至少需要五年。

我们不敢说自己已经是什么专家，但这些年来，通过这么多志愿者的互动，我们把“纯洁、纯粹、纯净”，“尽善、尽美、尽心”，“非宗教、非政治、非灌输”，“无组织、无纪律、无收入”，“不做广告，不接受媒体采访，不接受捐款”等原则都坚持下来了，不仅经受了时间的检验，而且充分展现出了美好的前景。因为第一年我们开课 52 场，第二年我们开课 86 场，第三年我们开课 117 场，第四年，我们开课 135 场，第五年，2015 年我们开课 142 场。而且在 2015 年的最后一季，我们开讲了 19 场“梦想者的天堂”和首场“母爱的觉醒”等新课程。

历史是一个台阶，历史是一面镜子。台阶上面，是新的路径，镜子里面都是自己。路要自己走，自己需要自己关照。

曾经，我们带着一个不够好的自己，来到了这个世界，经过一年又一年，一岁又一岁，向着更好的自己默默前行。而这条路，不会被日历割成一段一段，所谓年关岁末，只是为了方便记录岁月的痕迹而已，从生命走向慧命，是一幅连续的图谱，我们只需在图谱中，不断展示生命存在的意义就好了。

2016，我们北大公益讲座的志愿者来了……

我们选择了一条『从自己开始，从家庭开始』的修行之路。

2016 年 2 月 7 日

羊年心满意足，猴年唯愿平安

马年，路遥知马力；羊年，“羊羊”得意时。过去的两年，对于北大公益讲座来说，是穿过三峡（过去的）进入江汉平原的一段不平凡的历程。

北大公益讲座在羊年完成了“第 500 场暨深圳第 100 场”的纪念活动，在当代中国出版社正式出版了《我们共同走过》系列丛书：《诗与远方》《春潮如歌》《修行笔记》《繁星点点》。

这一年，我们创造了当年开讲 142 场的新纪录，在 142 场中，包含海南举办的两期“慧命之旅”，桂林、泰山、井冈山举办的三期“幸福之旅”。

这一年，在正式课程之外，我们还举办了四天三晚的讲师培训；有两位志愿者通过自己的努力，实现了通讲第一阶“从生命到慧命”、“光明圆融善”课程的大愿，还有五位讲师走上讲台，开讲了

23 场拓展课程“梦想者的天堂”和“母爱的觉醒”。

这一年，“北京慧至堂”和“深圳慧至堂”已经实现了志愿者分享会的常态化，而桂林、赣州、大余三地的志愿者，也不定期地组织志愿者集中分享，越来越多的志愿者和家庭成员，在分享中受益，化解了家庭矛盾，改善了与亲人的关系，使家庭更加融洽，更加和睦……

这一年，我们看到了更多的志愿者，通过修身齐家，来践行北大公益讲座的理念，这是我们最期待的收获。“一切从自己开始，一切从家庭开始”，是我们志愿者选择的一条适合自己的修行之路。在这条路上，一批志愿者已经感受到了，从甘愿付出到享受付出的喜悦，路越走越宽广。

在羊年收官之际，北京慧至堂选址望京诚盈中心，设立办公场所及多功能报告厅，专门用于北大公益讲座的授课之用，此举将一改流动授课的旧常态，建立定点定时授课的新常态。这将标志着北大公益讲座，在走过五年之后，进入新的历史发展阶段，为猴年更好地为有缘人提供“尽善、尽美、尽心”的服务，奠定了坚实的硬件基础。

猴年，是值得志愿者期待的一年。

猴年，是志愿者继续走在从生命走向慧命的一年。

猴年，是志愿者灵动的生命，更加光明圆融善的一年。

告别羊年，我们对所有发生心满意足，只是感恩。

走进猴年，我们对外部世界一无所求，唯愿平安。

因为，感恩才有快乐，平安即是幸福。

2016 年 2 月 8 日

灵动的生命，
是充满创意、
饱含热情并富有诗情画意的生命。

灵动的生命

——猴年絮语

达尔文说：人是从猴变来的。但是，他没有回答：后来的猴，为什么放弃了“升级”变人的机会，一直繁衍至今，仍然是猴？这是达尔文的疏忽，还是年纪不饶人，时间来不及了？或是故意不作回答？如果是故意不作回答，那到底是因为回答不了，还是故意留个尾巴，让未来的人类学家，因研究此课题获得个把诺贝尔生物学奖？

不过，达尔文的这个“故意”，却给神学家留下了反对“生物进化论”一个把柄：除了上帝，还有谁能够创造出会相信上帝的生物？

比达尔文早 2000 多年出生的释迦牟尼曾经说过：人与猴是可以互换的，叫轮回。这一生可以是人，下一生也可以是任何生物，“若卵生，若胎生，若湿生，若化生，若有色，若无色……”而且包括细菌之类生物。

看来，有神论和无神论都是反对生物进化论的。但不管怎么说，中国人的十二生肖，既不是有神论，也不是无神论，而且与生物进化论也八竿子打不着——中国人的智慧呀——凡事不争。

今天是正月初一，我们正式进入了猴年。凡是接受中华文化的地球人，这一年都将与“猴”结下不解之缘，这与宗教信仰无关，与科学技术无关，与政治经济无关，只是与文化习俗有关。

每一个农历年，中国人都会从生肖所代表的动物身上找到非常正面的品质，来规划这一年的信、愿、行。这正是中华文化最让人钦佩和心动之处。想想看，如果没有十二生肖做伴，中国人的年，还过得有什么劲儿？年，就是人生的一个坎儿，每一个坎儿，都拥有一个非常具象的动物形象，而且十二年为一个轮回，五个轮回为一个甲子，这样人活在世上，才不会乏味，活到六十，也不会闷着。想想看，如果没有生肖，年年都与阿拉伯数字有关，多没劲啊！而且，如果三年一个轮回，是不是太短了点；二百年一个甲子，连一个甲子都活不到，是不是太遗憾了？

今年是猴年，而这个“猴”，又能引起我们什么样的遐想，让我们对新的一年有怎样的期许呢？

猴，可以轻易地爬到高高的树杈上，仰望星空，也可以脚踏实地在大地上戏耍，还可以自如地上蹿下跳，往返穿梭于高空与大地之间。这样一种生命的状态，不禁让人想到一个词：“灵动”，想到一个词组：“灵动的生命”。

猴年来了，北京大学公益讲座走进了第六个年头。

这些年来，我们的志愿者，在默默前行中，一直在仰望星空，同时也没有忘记，修行不是“说”，而是脚踏实地的“做”；用我们的做到，来证明我们全部的说，是真实不虚。因为我们相信：灵动的生命，不是“想”和“说”，而是要动起来，做起来，“做”比“说”重要。“说”我们所“做”，“说”才有力量，“做”我们所“说”，“做”就理所当然。

这些年来，我们的志愿者，一直在做着一件最普通最平凡的事，却一刻也没有忘记“诗与远方”。因为我们相信：灵动的生命，是充满创意和饱含热情的生命，是充满诗情画意的生命，是踏着时间的鼓点，专注于既定目标，坚定前行的生命。

这些年来，我们的志愿者，只是遵循常识和良知，来对待身边的每一个人和每一个发生，从而让生活变得越来越简单。因为我们相信：只有自己“光明圆融善”了，身边的人际环境，才会自然改变。人生在世，改变自己已经很难，决不奢望去改变别人。正如佛家所说：“无人可度”，“度人之心不可有”。

猴年来了，北京大学公益讲座的志愿者，带着灵动的梦想，怀揣灵动的热情，抱着灵动的希望，以灵动的姿态，走进春天，我们将开始“珠江三角洲公益行”、“汉中赣州丫山行”、“荆楚大地公益行”，并在上半年迎来第600场，这将是全球志愿者欢聚一堂的美好时刻。

有篇文章曾经对十二生肖有过很精彩的描述，其中关于“猴”和“鸡”，是这么说的：“猴子代表灵活，至于鸡呢，以前的年代，因为没有钟，都是听鸡鸣声决定一天的开始，所以，鸡定时打鸣，代表稳定。灵活和稳定一定要紧密结合起来。如果你光灵活，没有稳定，再好的想法，最后也得不到收获。但如果你光是稳定，一潭死水，一块铁板，那就不会有我们今天的好日子了。只有两者之间非常圆融的结合，一方面具有稳定性，保持整体的和谐和秩序，另一方面又能不断变通地前进，这才是最根本的要旨。”

明年就是鸡年，我的本命年。

2016 年 5 月 1 日

北大公益讲座

『六字箴言』：

专注、谦卑、喜悦。

工匠精神的美学意义

今天，是“五一”国际劳动节。

最近，央视正在播出《大国工匠》：介绍各行各业的能工巧匠，意在弘扬“工匠精神”。

再早一些时候，在 3 月 5 日的全国人民代表人会上，李克强总理在做政府工作报告时提到：鼓励企业开展个性化定制、柔性化生产，培育精益求精的工匠精神，增品种、提品质、创品牌。由此，“工匠精神”首次出现在国务院政府工作报告中，让人耳目一新。

据统计，全球寿命超过 200 年的企业，日本有 3146 家，为全球最多，德国有 837 家，荷兰有 222 家，法国有 196 家。

为什么这些国家会扎堆出现长寿的企业，这是一种偶然吗？企业长寿的秘诀，究竟是什么？让我们撇开政治、法律制度不说，仅从文化意义上解读，那是因为：这些族群一直在传承一种精神——

“工匠精神”！

日本式管理的绝招：用精益求精的态度，把这种热爱工作的精神代代相传。这种精神，就是让企业生生不息的“工匠精神”。

2013 年 9 月和 2014 年 1 月，北大公益讲座志愿者，两次东渡日本，为“全日本华人华侨总工会”的会员开讲一二阶的课程。

在东京，我们被邀请去一家著名的寿司店进餐。寿司上桌后，一些素食主义的志愿者，也顶不住美的诱惑，为了眼睛而吃，可以想象这鱼片寿司，该有多好吃了。而这家店，只有 12 个座位，要提前预订。我们都很惊讶：怎么会有人把米饭做得如此超绝！他们又为何不把店子扩大，做成东京最火爆的寿司店？甚至做成全球连锁店呢?

日本 001 志愿者程波学长，在日本工作生活了近 30 年，他告诉我们：这家店已经是第三代人在经营了。而东京所有最棒的饭店都是这么小，还有更小的，才 6 个座位。他们只做一样料理：寿司、天妇罗或照烧。

为保证温度，用餐前的热毛巾是学徒手拧的；为保证米饭的口感，煮饭的锅盖压力之大需要双手使劲才能打开；煎蛋这份看似简单的活，要出自有十年经验的徒弟之手；虾煮到客人光顾前才取出；给章鱼按摩 40 至 50 分钟，只是为了让肉质变软、带出香味。

专注寿司六十载，食客们品味的不是寿司，而是企业家的“工匠精神”：不断地重复以期达到新巅峰。

在他们看来：做任何产品，并不是追求销售额，关键是做好，而不是做完，也就是要做到快乐、敬业和炉火纯青，在追求至善至美的过程中，给服务对象带来一种特定的享受，当然，其结果也让自己得到享受。

而这样的企业与个人，在日本被视为“国家珍宝”，备受整个社会的尊崇，“工匠精神”因此更加得到弘扬。

其实，“工匠精神”作为一种人类的文化现象，归根结底，在于外部环境允许甚至鼓励一群人，去做一件可持续几代甚至几十代的事情，而这群人，恰好又找到了命中注定要去做的那件事。

2011年，当我们创办北大公益讲座的时候，并没有给自己定立百年目标，而是定下30年的目标——为了2040年。尽管还是有人质疑这个目标是不是太大了，但我们并不在意别人怎么评价，因为自己心里很清楚：这是一件必须“尽善、尽美、尽心”去做的事，所以，我们很偏执地提出“不做广告，不接受媒体采访，不接受捐款”的原则，坚持默默地去做，坚决摒弃一切浮躁，绝不急功近利，绝不投机取巧，对课程的每一个环节，对原创作品的每一个细节，坚持精益求精，绝不粗制滥造。

“工匠精神”这样一种从容的行事风格，已经体现在北大公益讲座志愿者的身上，因为这种品质，与我们志愿者的“六字箴言”所表述的是异曲同工：专注、谦卑、喜悦。

当我们可以“放下利、放下名、放下自以为是”，认真地去做这件外部环境允许、内心又认为命中注定要用毕生去做的事情，“工匠精神”自然就融入了我们的血液，成为一言一行的习惯。

正是因为有了这种“工匠精神”，志愿者才可以从甘愿付出，到达享受付出。因为，享受付出，来自于每位志愿者内心本在的意识：自己的做到，实实在在是对社会，对别人有所帮助。

从另一个角度说，因为北大公益讲座是以“说”来为别人提供帮助的公益。所以，我们必须在真和善的前提下，尽可能地给人提供美的享受。而事实上，但凡是美的，必须是尽心尽意、精益求精、追求极致的结果，这也和“工匠精神”如出一辙。更重要的是，“工匠精神”不是机械性的重复，在每一次重复做的过程中，其实都在创造不同。而只有具备美学意义的劳动，才不会在重复中产生厌烦。

有朋友就问过我们的志愿者："五年了，你们总是讲这些内容，烦不烦？还能讲多久？"他很难理解：美的创造，每一次都是不一样的。因为场景不同，受众不同，受众的心情不同，主讲人每一次的状态也不尽相同，哪里会讲得一样呢？而"工匠精神"也正是在这样看似相同的工序，实则不同的过程中，不断得到巩固和提升。

也正是从这个意义上说："工匠精神"已经成为北京大学公益讲座的每一位志愿者，致力追求的一种精神品质。

2015 年 5 月 6 日

只要去做了，
就会知道；
只有去做了，
才能到。

歌唱春天的文字

——为唐岚《春潮如歌》作的序

2011 年 3 月 7 日，那是一个春天。有一群人，开始意识到，在工作和生活之外，还有一个更需要思考的问题，这就是：生命。于是，他们相聚在北京大学经济学院的 228 室，商讨共同开启一个课程：北京大学公益讲座。

这个讲座是纯粹、纯洁、纯净的公益课程。主讲人认为：讲授商业性质的课程，自然应该收费，而讲授生命性质的课程，是主讲人和志愿者的自我修行，所以，不仅不能收费，而且还要给听众送礼品。

2012 年 2 月 11 日，又是一个春天。北大公益讲座第一次落地鹏城，在深圳图书馆举办第 55、56 场。能够在深圳图书馆的深圳市民大讲堂开讲，是深圳志愿者努力的结果。因为“深圳市民大讲堂”已经举办了六年多，有很强的号召力和相当数量的听众群，加上志愿者的邀请，这两场讲座到课率很高，而且下午听众比上午更多，气场更好。

随后，深圳就成为北大公益讲座的一个重要基地，持续若干月的开讲，成就了一批志愿者。其中，参加了首场讲座的唐岚，就是最具代表性的一位。

认识唐岚，是她第一次作为志愿者跟随讲座去海口的那次公益之行。在讲座结束的前一天晚上，我们志愿者一行 11 人，在酒店开分享会，末了，我请她写一篇此次海口行的纪实文章，她当即答应了。三天后，我在电子邮箱里看到了她的《春雨佳时 润物无声》。文章的确有心有才，我和妻子读后，都认为这位志愿者的文笔很不错。

紧接着，我们的讲座去了大连，深圳 001 号志愿者柯言又派唐岚参加，随后讲座去昆明，她又来了。在昆明时，我对她说：“今后只要你愿意参加志愿者服务，每参加一次，我就送你一本我的书。”她说：“多少本？”我说：“28 本。”她说：“一言为定！”未曾料到的，她竟每次都参加了——当然，她是深圳慧至堂的秘书长。（慧至堂是北大公益讲座志愿者 QQ 群和微信群名，是自愿参与的松散型网上交流群体。）

一路跟下来，除了在北京举办的讲座几乎没有邀请她，但凡北京之外的课程，她都坚持参加。已经举办的 428 场讲座，她跟随了 330 多场。并且从第 65 场开始担任讲座主持人，从第 71 场开始上台朗诵公益讲座的原创散文诗，目前她能现场脱稿朗诵所有的 25 首原创散文诗。2014 年，在广东湛江吴川二中的第 364 场讲座上，她独立完成了第一阶“从生命到慧命”的课程；2014 年 12 月 27 日，她在北京怀柔主讲了第一阶“从生命到慧命”和第二阶“光明圆融善”，正式成为第一位可以通讲一二阶课程的讲师。

深圳的012志愿者庞坤，曾经与我谈到唐岚，他说："这个人活得有点儿过分。她不是那种拥有很多钱的人，但她拥有自由。有一些女人，什么也不缺，却活得很无奈。这些人听过北大公益讲座之后，也很羡慕唐岚，渴望像唐岚那样的自由。然而他们比起没有什么钱，却每天胸怀天下、心中装着无数志愿者和未来的听众、不停地给宇宙发出正能量，并且每天乐此不疲、其乐融融的唐岚，真是相去甚远……"

其实，在当今中国社会，过一种不需要骗自己，也不去骗别人，又不被人骗，更重要的是没有人要骗你（因而没有防范成本）的生活，是许许多多中国人的奢望。想想看，当下中国那些很有钱的人，用在防范上的时间成本和财务成本有多高，就知道唐岚隐形的物质、精神和时间收入有多高。

西方有一句名言："你要价值吗？那你必须选择；你要真实吗？那你必须观察。"唐岚在不断深入的观察中，做出了自己的选择：与众生在一起，过着自由自在的充实无恼的生活。三年多来，唐岚将自己职业之外的时间，全部用于北大公益讲座，几乎承担了所有的组织协调工作，以及志愿者分享文字的整理工作。最难能可贵的是，她还留下了一篇篇记录北大公益讲座成长的文字。《春潮如歌》，就是这些文字的一个结集。

《春潮如歌》，是一首歌唱春天的歌。作者以其亲身经历作为写作的素材，以饱含热情的笔触，生动活泼的语言，朴实畅快的文笔，细腻独到的观察，深入浅出的见解，真实地展现了北大公益讲座成长的过程。

在这样一个多元化的躁动的大时代，人们对回归生命本源的强烈渴望，以及找到出路的喜悦，都体现在《春潮如歌》诗化般的情境叙述里了。一批有着优美心灵的志愿者，在付出的过程中，是如何让生命品质得到提升，也都在这本散文集的字里行间得以全景回放。

北大公益讲座，其实是“讲做”，“讲”我们“做”的，“做”我们“讲”的；北大公益讲座的“写作”，其实是“写做”，“写”我们“做”的，“做”我们“写”的。所以，从《春潮如歌》一书中，我们或许看不到北大公益讲座在讲什么，却可以看到志愿者在做什么。这群志愿者，虽然“无组织，无纪律，无收入”，但他们却用自己的“做到”，证明北大公益讲座在课堂上全部的说，是真实不虚的；他们只是用自己的成长，证明人人都可以从甘愿付出，到达享受付出，在帮助他人的同时，最终成就的是自己。

有一位深圳的朋友告诉我：在这个城市可以称之为富人的，至少得有一个亿的资产。而我们却认为：富人，就是已经有了足够的钱买到了完全属于自己的时间，想做自己喜欢的事，就去做了。不想做的事，无须编理由，不想花的钱，没人逼着去花。天天快乐，不找自己麻烦，也不找别人麻烦，别人也不会找他麻烦。随心所欲，四处云游，八方助人，享受贵宾待遇，还不用买单。平时看看书，听听音乐，玩一点儿高雅艺术（如文学、书法），静心打坐，也练练跆拳道、瑜伽……何为财富？自由无价！而唐岚算是拥有了。

春天，永远都是每一个生命的希望之歌。在迎来北大公益讲座的第五个春天之际，为唐岚的处女作——《春潮如歌》写下这篇序言，是为了在金秋收获的季节里，这本书能够在北大公益讲座第 500 场的时候，作为礼物赠送给参加庆典活动的每一位朋友，这的确很有意义。

过去的已经成为过去。尽管我们现在对于北大公益讲座的未来，还有 98% 看不清楚，但我们相信春天已经到来，相信在这条公益的路上，只要坚持修炼自己，并永远爱我们这个世界，爱我们这个民族，爱我们这个国家，爱每一个与我们有缘的人，我们就会永远与春天共舞，与幸福同行。

行者无疆。

2017 年 7 月 9 日

做到不从众，
保持独立人格，
是一件非常难的事。

恪守独立 摇曳自由

——为唐岚《夏雨轻风》作的序

作家格拉德威尔在《异数》一书中指出：“人们眼中的天才之所以卓越非凡，并非天资超人一等，而是付出了持续不断的努力。一万小时的锤炼是任何人从平凡变成世界级大师的必要条件。”他将此称为“一万小时定律”。要成为某个领域的专家，需要一万小时，按比例计算就是：如果每天工作八个小时，一周工作五天，那么成为一个领域的专家至少需要五年。这就是“一万小时定律”。

问题是：什么事情，可以让人们心甘情愿地做五年，不会导致边际效用递减，不会产生审美疲劳，不会因每天重复做一件事而心生厌倦，而且还会出现边际效用递增，产生持续的动力，甚至越来越有力量？

我想，这样的事情需要满足三个条件：1. 有无限的创意空间，最大限度地发挥人的想象力和创造力，从而让人在做这件事的过程中，不断得到成长；2. 对他人有所帮助，从而使自己在付出的过程中，获得广泛的肯定和支持，并且由此获得社会成就感；3. 从技术，走向艺术；从精心设计，走向随意发挥；从简单重复，走向多元创造。

迄今为止，北京大学公益讲座已经走过六年多，开讲近 750 场，我们之所以还在快乐地继续前行，或许是因为这项公益满足了以上三个条件。

2011 年的 2 月 14 日，我们在北京紫玉山庄的一幢私人别墅里，举办了第一阶“从生命走向慧命”的第一期，这是公益讲座的第一场。从此，开启了当初我们只知道大概方向，却并不知道会做成怎样的一件事情。

2017 年 2 月 14 日，是北京大学公益讲座开讲六周年的日子，我从丫山经韶关到达鹏城，与深圳的新老“三剑客”相约，一起度过了一个不一般的“情人节”，因为 2 月 11 日是深圳开课五周年。

深圳 003 志愿者吕静提到了一件往事：当初，她的先生——惠科电子的董事长——曾对她说：你们能坚持做五年，我就钦佩你们。现在，她与深圳的志愿者一道，已经持续跟随北大公益讲座超过五年。

深圳 010 志愿者唐岚，与吕静一样，也是在 2012 年 2 月 11 日听完课之后，成为了深圳最早的志愿者，并担任了深圳慧至堂的秘书长。五年多来，她跟随参加了 650 多场讲座，足迹遍及包括台湾在内的中国 50 多个城市和地区，也曾经跟随讲座去到日本。这五年多来，她从一个拿话筒都会发抖的小白领成长为 90％时间做公益，10％时间从事保险职业的主讲讲师和优秀的主持人。2015 年，当代中国出版社出版了她的处女作《春潮如歌》，现在又要出版她的第二本专著《夏雨轻风》——就像炎炎夏日雨后的一阵轻风，给这个被雾霾和急功近利所充斥的现代社会生活，带来了另一番惬意凉爽与清新淡雅。

真正的公益人是天生的。天生的意思，指的是“天命”，指的是他命中实在非要做这件事情不可，什么也拦他不住。于是，一路做下去，逢山开路，遇水架桥，高人指点，善人相伴，小人监督，贵人相助，最后成为他想要成为的那种人。

我知道，会有人不大同意这种说法，认为：“一个人不是天生就懂得利他的。如果你天生就利他的话，你叫作牺牲自己。这种人活不下去，会被牺牲掉，或者说存活的概率几乎为零。”可是，真正有公益心的人，并不是笨人啊，他知道公益要持续下去，自己绝不能被牺牲掉！于是，他们慢慢开始悟道：原来是自己好，也要让人家好；在让人家好的过程中，自己要越来越好！在付出的过程中，不仅仅是一次次“双赢”，而且是递增性的相互成长，彼此成就。这个公式叫：$A-B>A$（A 代表一个人资源禀赋及生命价值的总和，B 代表对别人有帮助的付出）。这也就是北大公益讲座的运行公式。

我想起在热力学中有一个著名的理论叫熵增理论，讲的大概也是这个原理。熵增理论通俗来说，在汽缸发动机的运行过程中，热量对温度的比值始终是上升的，理论上不可能下降。也就是说，能量从其他形式转化为热量的过程，是不可逆的。公式是：$dS=dQ/T\geqslant 0$（S 代表熵，Q 代表热量，T 代表温度）。

当然，我们的这个公式，还需要进一步的实践去证明。而从理论上反证：如果我们相信社会的道德体系不会整体堕落和坍塌，并最终导致人类走回丛林的话，善良应该成为“熵增”。

本书的作者，用自己的做到，至少从个案上证明了“$A-B>A$”公式是成立的。当然她绝不是个案，在北京、深圳、济南、丫山、芹洋……已经有一批批志愿者正在自己和家人的改变与成长中，逐渐印证了这个公式是真实不虚的。

在这批志愿者的身上，有一个共同的特点是：“憨不可及”。他们对北大公益讲座的事业极度投入，认真甚至有点死心眼儿，有韧性，持之以恒，精益求精，乐此不疲。而且他们学历并不高，唐岚就只是中学毕业。

他们都具备率真的品德，不说假话，直抒胸臆。因为北大公益讲座是无组织、无纪律、无收入的，而且没有老师，彼此互称为学长。大家踏上公益这条路，只是忠实于自己的感觉，成为志愿者，是甘愿，更是享受，所以，他们专注认真做每一件事，讲求实效，不烦恼，不放弃，不敷衍。哪怕写文章时，有一个错别字，甚至标点符号不妥，也要揪出来，做到尽善、尽美、尽心。

从唐岚等一批志愿者的身上，我看到了：人的成长，不是知识的增长，而是他知道了，时间应该用在什么样的事情上，而且也知道了，时间不用，也存不住，很快就会过去。所以，做公益至少不是浪费时间。

尽管在大家看来，唐岚是一个特立独行的人，但要坚持做这样一件没有收益，也不会出名的事，应该还是有压力和困难的。尤其是她在2016年深圳房价最高的时候，毅然决然卖掉了在鹏城的房产，迁居丫山国际志愿者村，建一栋未来将捐出来做“北京大学公益讲座博物馆”的“岚苑”，真是让身边的许多人百思不得其解，纷纷好言相劝。她说：我的主要资产都在我的脑子里。

我们都知道：在任何社会，一个人能够做到不从众，保持独立人格，坚守个人的价值观，是一件非常难的事。我曾经对她说：等岚苑建好了，在周边的竹林里，立一块石头，上面刻上“恪守独立，摇曳自由”。她说，我的确非常喜欢竹子的这种品格。这让我想起了苏东坡在《于潜僧绿筠轩》中写到："宁可食无肉，不可居无竹。无肉令人瘦，无竹令人俗。人瘦尚可肥，士俗不可医。"

《夏雨轻风》延续《春潮如歌》，记述了北大公益讲座2015年7月至2017年7月所走过的道路，以及作者一路上的观察思考和感悟，其清新、自然、淡雅、朴实的文字，展示了一群志愿者坚持"文以载道、美文传道、以文修身"的精神风貌。书中，虽然没有惊天动地的事迹，却像涓涓细流，让人们感受到有源之水的执着与坚定；虽然没有展示社会大潮的波涛汹涌，却能感受到在世态急剧变迁的现实生活中，人们自救的努力；虽然没有深刻的理论和高屋建瓴、醍醐灌顶的宏论，却不乏对平民人生的悲悯之心和一听就懂的家常话。

在这个炎热夏季，我们将第一次赴美开讲第735场，去那个号称最自由的国度分享"恪守独立，摇曳自由"，传递"光明圆融善"，的确是件令人欣慰的事情。出行前，为《夏雨轻风》写下这篇序，迎接新的开始，算是献给2017年夏天的礼物和祝福！

是为序。

一片星光，
互相照耀，
互相影响。

2015年12月8日

践行“三文主义”

——《繁星点点》主编絮语

2015年10月13日，北京大学公益讲座走进了第500场，与深圳的第100场重合，这的确是一件令人欣喜的事。

为纪念第500场，当代中国出版社紧赶慢赶，终于在国庆节前夕，出版发行了《我们共同走过》系列丛书的前三册：《诗与远方》《春潮如歌》《修行笔记》。能为北大公益讲座的成长史，留下一批文字，并将这三册书作为第500场的礼品，我和唐岚、庞坤三位作者都感到十分的高兴和欣慰。

第500场的庆典活动，进行了近六个小时，来自国内外的21位志愿者在台上分享了自己与北大公益讲座的因缘和相伴同行的感悟，再加上前一天的“高端分享会”，共整理出了近8万字的录音文字稿。这些朴实而优美的文字，真实地展现了志愿者默默前行中的收获与体会。活动结束后，又有一批志愿者写下了真挚动人的“500 场感言”，构成了“我们共同走过”第四册的“上篇”，而“下篇”，则是近两年来，在“北大公益讲座微信公共平台”上发表的部分志愿者分享文章。

唐岚为这本书做了前期最琐碎的收集整理工作，全部的素材足足有 25 万多字。从 11 月 4 日到 19 日，半个多月的时间里，我开始着手编辑这些文字，从中遴选了出 13 万字，汇集成了这套丛书的第四册，并拟定这样一个书名:《繁星点点——拥抱更好的自己》。

北大公益讲座虽然是“无组织、无纪律、无收入”，但志愿者“聚起来是一团火，撒出去是满天星”。因为借助了微信和网络，大家的心其实很近，交流无成本，分享有收获，都是为了拥有一个更好的自己。这是《繁星点点》的题中之意。

在这册文集中，每一位志愿者从自身的角度出发，用真实而朴素的语言，分享了自己一路走来的成长经历，展现了北大公益讲座“以修正自己为目的，以帮助别人为途径”的特殊公益形式，为有缘人创造了一个自由而快乐的道场。正是这样一片星光，互相照耀，互相影响，使越来越多的人，开始相信：这个平台其实是自己的需要。这份相信就像一扇门，一旦打开，所有的付出，就会从甘愿变为享受，而享受的付出，才会有持续的动力。从这本文集的字里行间，可以感受到，有这样一群人，他们抱团取暖，在前行的路上，不再孤独，不再纠结。这也是北大公益讲座走过 500 场，最大的收获。

“文以载道，美文传道，以文修身”，是北大公益讲座的“三文主义”。以当下的经济发展水平，要享受具有人文精神的生活，其实与金钱和地位没有太大的关系。因为与文字打交道，成本很低。记得在四十年前，我在上山下乡当知青的时候，一张纸，一支铅笔，就可以“以文取乐”，何况现在。有了手机和微信，与文相伴，写下人生的真实感悟，与人分享，的确是一件不难的事情。这是北大公益讲座在课程之后的延伸服务。而这种服务，是不需要金钱的，需要的是心，是那份对文字有偏爱并乐此不疲的精神状态。

“我们共同走过”这套丛书，我们会一直出下去，相信会有更多的志愿者，为了一个更好的自己，拿起手机或键盘，重温“文学梦”，敲下真实隽秀的文字，在践行并传播“光明圆融善”生活态度的同时，享受自己的思想可以变成铅字的无穷乐趣。

2016年5月2日

修行，
说到底，
不是说，
而是做。

丫山奇缘

——为《道源揽胜》作的序

2013年正月十二，经朋友推荐，我第一次慕名去江西大余丫山考察。从北京飞往赣州黄金机场，抵达时天色已黑。丫山景区董事长唐向阳亲自驾车到机场，接我们一家三口。

机场到丫山的一个半小时的车程，我们聊了很多很多，如同久别的老朋友，很快，我俩便以“学长”相称。我们从个人经历，谈到社会变迁；从农民、农业、农村，谈到生态旅游景区发展；从民营企业的生态环境，谈到社会公益慈善；从文化教育，谈到未来退休生活……兴致盎然地聊到车子驶进九成山舍，已经是晚上十一点多。

尽管是短时间的接触，但在向阳学长身上，有两点让我由衷赞叹：

一是，他的经历何以如此丰富？农、林、牧、副、渔、工都做过，而且行行都很优秀，学什么，会什么，甚至无师自通。

二是，在江西赣州大余县，这样一个偏僻的小地方，何以能出一个立志做千年大事的人？他要做的安国书院（现定名道源书院），立意与情怀令人钦佩。向阳学长告诉我：开设这个道场的目的，就是让传道的求道的人相聚于此，传承中国的优秀传统文化。

我们住的九成山舍，是建在山坡上的吊脚别墅楼，别具一格的19栋云海木屋别墅楼，被巧妙地镶嵌在竹林雾海中。松树从阳台的地板上窜出，好像一把天然的大伞；竹枝在墙边和窗口摇曳，如同一出美妙的动画；室内装修完全按五星级酒店的标准配置，洁净温馨，高雅大方，外朴内秀，不落俗套。

第二天用过早餐，我们在向阳学长的陪伴下，走出别墅群，来到一处观景台——怀云茶亭，在这里俯瞰群山，极目远眺，美不胜收。向阳学长指着眼前的一片崇山峻岭，说：整个景区三万多亩，核心景区七千多亩，创意和规划设计都是我做的，有的还是由我亲自组织施工的。

我们乘坐直达电梯，就到了景区的接待广场。昨晚因天黑，没看清这个建筑。下来之后，才发现高高耸立的“丫可喜”电梯，伫立在九成山舍屋后，既隔离又连接着游览区与酒店别墅群两个不同的功能区。此设计可谓匠心独运。

顺着盘山公路，我们乘车来到山脚下，参观景区的办公区。走进向阳学长的办公室，映入眼帘的是一幅巨大的绘画《雄鸡一唱天下白》。我很惊讶，我是属鸡的，向阳学长是属龙的，怎么挂的不是龙呢？

走出办公楼，参观了农家乐的食府。来丫山度假的游客，在这里可以用柴火自己做饭。重返自然，体验农村生活，对于我们曾当过知青的这一代人来说，看到这番场景，很容易勾起一种特别的情感诉求。走过整洁别致的食府，就是一条深红色的木塑栈道——“幸福天路”。向阳学长告诉我：这些木塑全部是就地取材，丫山自己生产的，采用德国技术，使用年限20年，原材料可以重复使用，非常环保，而且木塑栈道完全看不到任何结点，完全没有丁卯接缝的痕迹，这是丫山的独家专利发明。

栈道的尽头，就是丫山的核心景点：卧龙谷。卧龙谷的顶端，就是九成山舍。我们开始向上攀爬，尽管是冬天，十八级瀑布依然水源充足。山涧不时传来潺潺流水声，让人觉得神清气爽，真是声色宜人，养心悦耳。

漫步山谷，犹如置身天然氧吧。赣南的冬天，不像北方那样肃杀。山上的植被虽然不是郁郁葱葱，却也绿色依然。拾阶而上，一路古树参天，奇石嶙峋，藤蔓蜿蜒，苍翠勃勃。山间小道上的每一处石板和小桥，每一段阶梯和护栏，尽显设计和施工的精细认真。才四周岁的115志愿者郭东焜，居然一路开心，一路攀爬，不觉得累。我们就这么边走边聊，大约过了一个小时，才想起，孩子毕竟年纪小，怕伤了他的膝盖骨，于是，就背起他，走完了最后的三百多级台阶。

眼看快到“丫可喜”广场了，向阳学长带我们拐进另一条小道，来到了正在兴建中的道源书院工地。虽未完工，却已经可以让人感受到落成后的大气与恢宏。向阳学长告诉我，今年八月能竣工。

走出卧龙谷，向阳学长又亲驾路虎越野车，带我们在山间小道的泥石路飞奔了起来，这是丫山的特色旅游项目。越野车在陡峭起伏的只有一个车道的山间小路上行驶，上坡时只见天不见路，下坡时不见天只见路，煞是惊险，吓出我们全家一身冷汗。

第三天上午，我们离开丫山，去第二个度假地——三亚。与向阳学长握手分别时，相约三月中旬，北大公益讲座来大余开课，让全国的志愿者有一次为大余听众服务的机会，并领略丫山如何使人文与自然达成了高度和谐。

三亚亚龙湾，是冬天最好的去处之一。奔波了一年，带家人度假其实是一种“还债”。享受着海南热带气候的冬天，欣赏南中国海的美景，天蓝蓝，海蓝蓝，心情格外舒坦。不时也想起丫山，想起向阳学长，还有那幅《雄鸡一唱天下白》的巨幅国画，不经意间想到了“龙凤呈祥”……

正在亚龙湾沙滩上晒太阳的当口，有一个当地的电话打了进来，说是从丫山的唐总那里了解到，北大公益讲座的创始人到了三亚。希望我能安排时间，到他们的文化旅游公司参观，指导一下企业文化。当时，心里虽然有点儿不情愿，却有一个很坚定的念头：既然是向阳学长的朋友，自然是要给面子的。

当天下午，我跟妻儿说:“我应付一下，去去就来。”车子接上我，开了一个多小时，到了呀诺达。进了景区，我才大吃一惊！这哪里是我想象的那个街边开个门脸的文化旅游公司，而是国家 AAAAA 级热带雨林文化旅游景区！邀请人是董事长张涛。真是孤陋寡闻，不知道中国旅游界赫赫有名的张涛，也不知道海南有一个 AAAAA 级的呀诺达旅游景区。

张涛学长是中国旅游界的传奇人物，联合国教科文组织“善行旅游”项目策划人，参与过海南三个 AAAAA 级旅游景区的建设，他的法号是“善慧”，创办了“海南三道圆融旅业有限公司”，是呀诺达的主要投资人。而我写的两幅字“至慧命”和“光明圆融善”，八个字中，就有四个字与他的法号和企业名号有关。所以，我跟他调侃道：我天天都在写你、想你呀！这事，让我更加坚信：相识必是有缘。

见面只聊了 25 分钟，我们就一拍即合，张涛学长提出：由他来担任海南 001 志愿者，并敲定 3 月 15 日邀请北大公益讲座志愿者到呀诺达开课。

2013 年的春天，是北大公益讲座的第三个春天，因为走进丫山，然后到了呀诺达，几乎同时遇到向阳和张涛两位学长，在这看似偶然的后面，却被后来的一系列发生所印证：原来一切的发生，都是上天的安排。

向阳学长 2008 年关掉所有的矿山生意，转型做生态旅游，是因为不愿意看到企业在高速发展的同时，将大自然摧毁得满目疮痍，是不愿意再过那种天天为可能发生矿难而担惊受怕的日子，是不忍心面对矿难家属那张张痛苦的脸……他毅然决然地选择了做造福子孙后代的生态旅游，硬是靠着自己的坚定信念，把偏远沉寂的丫山打造成了中央电视台《2015 美丽乡村过大年》实景拍摄场地。

向阳学长有一个梦想：当景区走上正轨之后，就在深山老林陪守百年之后的父母。旁边盖一个小屋，种一片茶园，赏花、养鱼，看书、听音乐。如果有人慕名而来，就清茶一杯，亭下问盏，天马行空，谈天说地，聊人生，说信仰，排忧解难，开示说法。过一种耐得住寂寞，又通天达理的晚年生活。在正式退休之前，向阳学长当然还有一件事要做：通过丫山的“章源黄埔培训”，潜移默化地为大余义务培养 2000 名有教养的淑女，每期 20 人，一共 100 期。他说，在现实生活中，一个女人几乎能影响一个家族上下四代人。如此计算，这两千女子将来对社会的影响力，不可限量。

张涛学长，也是从 2008 年开始，以全新的理念整合资源，使呀诺达创立仅三年，就成为“中国最具影响力旅游景区”。呀诺达的成功，不是自然资源的变现，正如国家旅游局一位官员说的：“呀诺达用三流的资源，做出了一流的服务，创造了一流的品质。”在呀诺达成功的背后，是“道”的成功。“生态旅游，善行旅游，教育旅游”，是呀诺达的一大特色。

为了保护雨林中的动植物，在修建长达18公里的生态木栈道时，张涛告诉员工：“树比我们先来，所以该让就让。”为了能够保护这里的植物，整个工程不使用大型机械，完全用人力搬运物资上山建设。

创业开始，呀诺达便承诺：只要是旅游区占用土地的村民子女，都无条件录用，并给予当地60岁以上的老人每月300元生活补助。现在呀诺达的员工中，80%是当地农民。在当地但凡人均收入过万元的家庭，一定是家里有人在呀诺达工作。有一位省里的官员曾经对张涛说：“毛主席都说，重要的问题是教育农民。你们怎么能把农民都调教成了像士兵一样的员工？”

正当北大公益讲座的志愿者决定走上一条从生命到慧命的心灵之路时，我们遇到丫山和呀诺达，遇到向阳与张涛两位学长，绝非偶然，是谓：“人法地，地法天，天法道，道法自然”。道源何处？必须回到自然中去寻找。而且，对别人好，只是善的起点，能够对人真正有帮助，才是功德。

向阳与张涛两位学长，已经用他们的做到，践行着自己对“道”的信仰。就这样，丫山和呀诺达，成为了北大公益讲座的两块福地，也成为诸多去过或还没去的志愿者心中最喜爱和向往的两颗“明珠”，并且，两地的自然景观和人文精神，不断引发我的无数创意灵感和对未来的梦想。

2015年6月16日至19日，北大公益讲座第二期讲师培训班，在已经落成的道源书院举办。这是一个颇具江南特色兼容徽派风格的建筑群，大气，舒展，典雅，端庄，功能配套齐全。来自全国各地的28位志愿者，在这里完成了四天三晚的课程。大家在丫山尽享自然与人文带来的喜悦和对生命感悟的同时，留下了一篇篇朴实真诚而精美隽秀的文字。这些发自肺腑的文字，既是对北大公益讲座这些年不懈努力的总结，也预示着我们将要去的远方。

“道可道，非常道”，“言语道断”。这些古人的名句，饱含着深刻的哲理。修行，说到底，不是说，而是做。

“道生一,一生二,二生三,三生万物。”“道源何处？”这是一个可以用毕生和永生去破解和领悟的命题。我只知道，肯定不是那个具相的丫山和呀诺达，也不是书院的建筑，而是在每个修行人心中的那个“念”里，是谓：“到了，你就知道；知道了，就还没到。”

2016 年 4 月 7 至 11 日，北京大学公益讲座在丫山首次举办一二三阶课程，并且确定将丫山的花海客栈作为“国际志愿者村”，道源书院作为“讲师培训基地”，决定在 6 月 19 日举办“第 600 场暨诗歌音乐舞剧《慧命之歌》首演”，同时举办“国际志愿者村”揭牌仪式。凝聚了丫山讲师培训二期和丫山三阶（15 期）学员集体智慧的《道源揽胜》首发式也将同时举行，真是四喜临门。

从此，北京大学公益讲座在北京和丫山之间，建立起了一南一北、大城市与小乡村、人文与自然的良性互动，从此，让更多有缘接受过我们服务的生命，带着光明圆融善走向慧命。

最后，题诗一首，以记北大公益讲座与丫山的奇缘——

悠然一羽游云天，独向苍穹问诗篇。

今夜银河群星灿，卧龙山谷聚神仙。

门庭车马多寂寞，道源书院笔墨宣。

九成山舍迎归客，千年转瞬弹指间。

2015 年 11 月 13 日

文以载道，无文无道；以文修身，文者自尊。

智者之言，源于笃信

——为彭中天《吾辈此生当高歌》作的序

思想之于历史，需要通过文字将其固化，方能得以传播与传承。想，只是气体；说，还是液体；只有写，才是固体。

中天先生一直都是一位勤于思考，勇于思考，崇尚思想力的智者。在当今文化被不断边缘化、娱乐化的现实社会中，他愿意花大量的时间，在电脑上创造自己理想中的文化世界，并不时拿出一些原创的思想，与天下人共分享，着实令人敬佩。

文以载道，无文无道；以文修身，文者自尊。

当今社会，不乏有钱人，因为中国已经是世界第二大经济体了。然而，贵族却仍然是一种社会稀缺，因为我们共同经历过一个以“高贵为愚蠢，卑贱为聪明”的时代。

中天先生的父亲——彭友善老前辈——是真正的贵族。虽然中天先生也经历过“文化大革命”，也在体制内受过浸染，而且还多年身处商海波澜，但其身上的贵族气息尚存，这是家风所致。

中天先生今天所取得的成就，其实是一个典型的范例。这个范例，证明“一夜可以出暴发户，三代才能出贵族”是真实不虚的。这一点对于当下社会，有着非常严肃的意义！贵族气息不是打拼出来的，是传承来的。中天先生的传奇经历，将告知许多有钱人：培养儿孙的贵族气息，才是明智之举，才是远见之举。不是教孩子如何享受物质的盛宴，也不是教育孩子如何才能成为“精致的利己主义者”，而是培养其“为天地立心，为生民立命，为往圣继绝学，为万世开太平”的浩然之气。这样的儿孙，纵使一生未成大业，也仍然可以不负苍天，拥有一个幸福的人生，并惠及子孙。

在信息大爆炸的今天，任何的“说”，都会瞬间被掩盖；在假话风行的社会，任何的“说”，都会遭到质疑。彭中天先生的“说”，是他“行”的一部分，他用自己的践行，来证明自己的“说”，是负责任的，是行之有效的。这一点非常的难能可贵！当然，说他难能可贵，是基于这样一个现实：倡导“知行合一”的阳明先生，离我们远矣久矣。而中天先生在这样的现实面前，仍然愿意坚守贵族的风骨，是为“难能可贵”！

智者的品质是“相信自己的相信”。而那些针对当下（而不是说给 50 年后的人听）的智者之言，都源于言者的笃信。绝不言“以其昏昏，使人昭昭”之事，是这些智者自设的底线；绝不说“让别人去行，而自己却不行”之言，是这些智者的道德自律。在中天先生身上，是具备了这样一种品质的，所以，他的言，是负责任之言，是有益之言。尽管有些观点，还有待进一步充实，有待商榷，但他是真诚的，而且是包容的，文章的字里行间，无不透着一种征询口吻的谦卑与善意，而这种品质，本身就是贵族精神之一。

这篇序言，是谈人品和文品的。书中所涉及艺术、金融、科技、市场、政策、经济、交易等方面的专业知识，非我研究领域，亦非我所长，知之为知之，不知为不知，故不敢妄加评论，只好请读者各取所需。

感谢中天先生的邀请，写下这些文字，亦是自勉。

2015年10月13日

一切都已经过去，
明天继续出发……

我们共同走过

——在第500场暨深圳第100场上的演讲

非常感谢大家的参与！

此时此景此情，真的让人很感动。所以，我们有理由对这个国家、对这个民族、对这个社会抱着满满的信心。理由是：今天来的人，不是由什么机构层层挑选出来的，来的全部是平民百姓，是中国最最普通的人，一群追求善良的人。

今天，是北大公益讲座的第500场暨深圳第100场。开始策划这个活动时，深圳的志愿者发来微信问我："需要给您留出30分钟，还是60分钟？"我说："只能讲5分钟，3分钟也行。都500场了，如果还需要我讲那么长，北大公益讲座就太不长进了。"

第500场，最好是能让我坐在下面，为登台和暂时还不能登台的学长们做服务工作，这才能显示北京大学公益讲座确实是一件对人有帮助的事情。

500 场之后的北大公益讲座，我应该渐渐少讲，让出机会，帮助更多的志愿者走上讲台。我要把更多的精力放在后台，开发更多的课件。少露面，甚至不露面，只讲三阶四阶。这个时候，我才会开始有一点儿成就感。

最后大家都能以自为师，这才是北大公益讲座真正的成功。郭梓林已经不在了，已经没有人知道郭梓林是谁了，仍然有一批人在讲“光明圆融善”，这才是我们追寻的目标。

“光明圆融善”，是北大公益讲座提出来的。“求真、创造、至美”是中央戏剧学院提出来的，中央戏剧学院是全世界最好的一所艺术大学。2013 年，联合国教科文组织确认全球九所伟大的艺术院校，中央戏剧学院是其中之一。这是很了不起的一件事。

两所伟大的大学，各提出的五个字，组成这副佳对，是巧合，还是天意？无论如何，这是一件非常有意义的事情！所以，我们值得为这十个字去践行。

这十个字，真是神来之笔！什么是“神来之笔”？“神来之笔”的意思，就是神借你的手写出来的文字。我一直认为，北大公益讲座的这些原创作品和授课内容，不是郭梓林写出来的，不是郭梓林说出来的，是神借助我这 140 斤的肉身，让我说，让我写。现在回过头来看那些文字，真不敢相信是我自己写的，这不是谦虚，现在，你会知道什么叫“神来之笔”。

今天，我们走到了第 500 场，后面还有很多很多的课程在等着我们。这件事值得我们一直做下去。

第 500 场办得这么嗨，已经 5 个小时了。记得去年 5 月 24 日，在中国科学院大学举办第 300 场课程，结束后我们 20 多位志愿者在一起，边吃晚饭边分享。大家都分享完了之后，主持人让我总结。我站起来说："一切都已经过去，明天早上出发，去重庆永川。"大家停顿了几秒钟，热烈鼓掌。

此刻，还是那句话："一切都已经过去，明天早上五点半出发，去江西。"

谢谢大家！

2016 年 12 月 30 日

用自己的做到，赋予了这片山水一种令人羡慕的人文精神。

阳光蓝天青山作证

——在“丫山首届书画展”开幕式上的演讲

在这个星球上，最大的面子是什么？最大的面子，就是太阳的面子。今天太阳真给面子。一扫连日来的阴雨连绵，今天的丫山，是如此的阳光灿烂。大家想知道为什么吗？原来我们丫山唐向阳董事长的微信署名就是“阳光”。这个微信名字起得太好了，所以他总是给我们带来这么多的阳光，除了大自然的，还有心灵层面的。

中国改革开放已经快 40 年了，未来的 10 年，中国的经济和社会发展，会朝哪个方向走呢？这让我想起马克思主义的一个观点：社会主义的生产目的，就是为了满足人民不断增长的物质生活和精神文化生活的需求。那么，未来中国人最大的需求是什么？一定是开始更重视精神和文化方面，因为满足基本生活的物质，已经很丰富了！

鸦片战争之后，中国人为实现中华民族的伟大复兴，前赴后继，赢得了今天的经济建设成就，让世界瞩目。但我们要从法治建设和精神文化建设层面真正站起来，还有很长的路要走。有 GDP，有航空母舰还是不够的，中国人要展示延续了 5000 年的伟大民族的魅力，必须最终在精神文化层面上有所作为，并得到国际社会的尊重。

法国哲学家伏尔泰说过：伟人们都认为，精神的力量大于物质的力量，思想统治世界。经济学也告诉我们：在人类的历史上，只有两种力量是可以持续的、不间断的，影响人的行为。第一种是宗教文化，第二种是经济的力量。军事的力量、政治的力量、爱情的力量……这些都还是过眼云烟。

因此，我们今天看丫山的角度，会超越世俗的眼光，我们看到的这一代丫山人，会给未来的历史留下什么呢？绝不是今天的热烈与喧闹，也不是今天的热情洋溢，这些在开幕式完成之后，就过去了，而能留下的是一种精神。

丫山是一个美丽而神奇的地方，丫山人用了十年的时间，把她打造成了一块圣地和福地，让我们可以很明显地感受到：哇！这种发展模式，就是未来中国经济增长模式中最重要的一种！因为人们将从人造的城市回到自然的乡村。城市已经被我们搞得不大适合居住了，全部用水泥浇筑起来了，全部被雾霾给笼罩了，哪个地方，才是我们真正要的地方呢？我想丫山这样的有自然风光又有人文景观和人文关怀的地方，会成为城里人的选择之一。

今天，来了这么多的文化名人，在这里已经聚集了一种文化的力量，但这只是一个开始，今后当一批批高品位的人气资源继续在这里聚集时，丫山会因此变得更好！

丫山不是靠卖祖宗的树、石头、卧龙谷这些景观。丫山人的理想和追求，是继承这些东西，保护好它，留下它，并赋予更宏大的文化意义，创造新的文化内涵。

人来到这个地球，不就是为了创造一点文化吗？我们看身边的这些山、石头、树木，这些东西都不是我们创造的，比方说，这棵树肯定比我们活得更久，它正在看着我们，我们的喧闹能持续多久？我们到底能留下什么？是的，人生很短。一百年以后，我们都不在了，这棵树还在，它会看到我们今天的这群人，到底留下什么！

丫山真正能够留下并被历史肯定的一定是文化，一种体现人文精神的文化。

我们看看道源书院的这些建筑，就知道什么是“工匠精神”，就知道一个人做事是短期行为，还是长远眼光。看到这些，我们会相信：建设者真的是要建一个千年的书院。而现实社会中，我们又看到多少人，在忙着搞短平快，急功近利，鼠目寸光呢？！在这里，我们可以亲身感受到什么是企业家的“远见卓识”，什么叫“文化底蕴”和“人文关怀”。

今天，我们非常欣喜地看到：丫山的这一切，的确是一群有远见卓识、胸怀大志的人，才能做得出来的。这就是为什么北京大学公益讲座，决定选择丫山作为“国际志愿者村”和讲师培训基地的最重要的原因，它与我们理念高度一致。

21世纪初，有位英国学者对一位中国学者说：如果你们认为21世纪是你们中国人的世纪，那么，中国人要向世界输出什么？只是输出牛仔裤、输出袜子、输出鞋子还是输出矿石？那还不能算是中国的世纪！如果21世纪是你们中国人的世纪，你们应该有可以向全世界输出的文化价值观，要告诉世界：像我们中国人这样活着。我想，丫山人的精神，是可以向世界昭告的：这就是我们中国人正在追求的一种精神文化生活。

今天我们在这里举办这样的盛事，有这么多的名人、高人前来捧场，来给面子，而且太阳也这么给面子，我们完全有底气告诉世界：可以像我们丫山人这样生活，像我们丫山人这样做事，像我们丫山人这样，既充满效率，又享受付出。

在我们看来，建设社会主义新农村，既要“精准扶贫”，还要“文化入村”。而丫山的这种特殊的扶贫模式，将会得到推广和发扬光大。

就在半个月前，我们做了一次尝试。以丫山为榜样，引导文化入村。

福建省福安市溪潭镇芹洋村，是一个有着千年历史的古村落。原有 1700 多村民，现在仅剩下 400 多人。千年宋井被冷落，五百年的刺绣工艺正在失传，三百多年的古宅，因为没人住，没人管，成为一栋栋危房，被迫拆除。有体力有能力的人都外出了，整个村子没有生气。虽然政府投入了不少钱，也被评为美丽乡村，但只是自然条件好而已，人的精神面貌与自然生态并不是很和谐。

我们邀请了 38 位村民，租用大巴车，行程 750 公里，来到丫山学习考察，举办了六天五晚的北大公益讲座“慧命之旅”课程，在结业分享会上，村民走上讲台发誓：回去之后，一定要让芹洋村，从此没有烟头，没有垃圾。

12 月 16 号上午 8 点，他们带着满满的热情，乘坐大巴车踏上了回家的路。直到晚上 8 点钟，才到达村里。正是这些刚刚在丫山经过熏陶的一群农民，第二天早上 6 点钟起来，在全村捡拾垃圾。

因为我是乘高铁过去的。第二天早上，等我进村时，芹洋志愿者已经捡了整整四拖拉机的垃圾。大家听到后，可能感觉到的是他们工作量很大。但是，细细想想，便知道这个村，此前真是够脏的了，一个早上，两个小时，可以捡拾四拖拉机的垃圾！

这样一批村民，仅仅是因为在丫山待了六天五晚，就发生了这么大的改变，这一事实令人感到振奋，同时，也让我们看到了文化入村的希望。

农民的问题，一直都是一个很复杂的问题。而丫山人身上体现出的这种敬业精神、工匠精神，让芹洋的村民们感到惊叹：这里怎么能做到这么干净，没有卫生死角，他们专门拍厕所的照片，发给没来的乡亲，感慨这里厕所，怎么比我们厅堂还干净……

丫山人身上体现的精神已经有力地证明：丫山人所创造的，不仅仅是将这片青山绿水保护性的开发出来了，更是用自己的做到赋予了这片山水一种令人羡慕的人文精神。这种精神才是最有力量的。

我想，大家今天之所以会从祖国各地奔赴丫山，相聚在这里，不仅仅是因为这片青山绿水，更是来见证这里这一群非常善良淳朴，而且有远见卓识的人。而且，最为重要的是：他们真正是用自己的做到，来体现内在精神的力量，这样的生活态度和环境，正是中国人未来都应该追求的生活。

2040 年，当鸦片战争两百周年的时候，我们邀请世界友人到丫山来看看，让他们了解走过两百周年，中国人活成一个什么样子。就像丫山这样！

好。谢谢朋友们！

2016 年 5 月 29 日

母爱是一座桥，
长度有限。

母爱之光

2016 年 5 月 29 日，在宋庆龄故居参加“母爱之光”公益活动启动仪式。在仪式上作了一个简短的分享，归纳起来，形成以下文字。

母爱之光，是智慧之光。母性的慈悲，与生俱来；母爱的智慧，后天修得。

母爱之光，是一支烛光，光而不耀；不是烈焰，灼烧孩子。

母爱之光，是一盏路灯，照亮有限的一段路程；不是鬼火，永远尾随。

母爱是一座桥，要让孩子走向远方，桥是有限的，终有送不到的时候。如果在桥上学会了走路，未来能走多远，那是孩子的事。

将一份爱做到彼此不欠，是爱的最高境界，需要智慧。

把孩子还给孩子，先是帮他自立，后是给他自由。很多人搞反了，先给他自由（没有时间陪伴），后给他钱（让他啃老），于是彼此亏欠。

2016 年 7 月 2 日

人格决定“文格”，
人格决定“书格”，
人格决定“画格”。

美育天下

——在“王德硕书画作品国际巡展”开幕式上的致辞

各位来宾，女士们，先生们：

在人类发现精神的最高价值是真善美之后，为真理而奋斗者，有之；为博爱而奔走者，有之；以审美和创造美作为人生目标者，有之。

然而，当人们对政治、经济、文化领域的真和善巡视一周之后，会发现真和善已经跳出文字意义上的概念表达，甚至已经无法厘清被功利熏染之后，其本来应有的真实含义。现实的生活是：谎言不时侵袭我们的生活，善良的举动难免会受到不公，并时常让人感到无助，甚至当一种崇高的道德标准，被一些人善意地强加于人，让善良蒙羞的时候，我们仍然可以感觉到：美却在那时临风傲雪，只有美还在以它的纯洁性，恪守在那里，静静地等待人们的关顾。

真正的美，是独立于权力的，真正的美是超越功利的，权力可以操纵它，金钱可以炒作它，但它永远都是它自己。也正是因为在人类的精神生活领域，有了美的这份恪守，让许许多多还没有对生活绝望的人们，对世界继续留存着一份由衷的眷恋。

康德曾经说过：“人类精神的最后归属，一是信仰，二是艺术。”现实生活，也一再告诉我们：审美和创造美，完全可以凭借自己的天赋和勇气来完成，这个过程可以无关政治，无关经济，无关他人。在此，我们很容易想起 99 年前，也就是 1917 年，北京大学前校长蔡元培先生说过：用美育替代宗教。尽管对于这个观点，还可以进行商榷，但美育作为文化的独立现象，与真实的谎言，与强权的善意，与金钱的炒作，与丑陋的“创新”，没有关系，它可以在政治和经济（包括文化产业）之外，为人类的文明留下一片净土……

曾经是大学老师的王德硕先生，因无法忍受作弊横行的考场，以及现实生活中各种不良现象，选择了独善其身。而正是在此期间，中国社会在经济高速发展的同时，三观不断撕裂，价值多元共生，以至书画界也不能幸免于此。然而，王德硕先生还是坚持操守，身体力行，走在自己的创作之路上。期间的艰辛与魔考，是可想而知的。

王德硕先生的不凡经历，证实了，一个有情感自制力的人，不会让个人的不幸和苦难影响其对世界的判断。尽管他也知道：为真实而活着，为正义而活着，不是一件容易的事。但是，他却用自己的人生实践证明：如果一个人愿意远离政治和经济，回到书斋，完全可以享受一份审美的孤独和孤独的审美。其在书画界业已取得的成就，也同时证明了：当一个书画家下定决心，为自己而创作，为艺术去追求，那么，他就完全可以脱离世俗，淡泊名利，在审美和创造美的过程中，恪守“独立之精神，自由之思想”。正是因为他恪守了这种伟大的精神，才使其书画作品日臻豪放与大气，圆融而飘逸，在给受众带来美的享受的同时，还展示了其个人在审美和创造美的人生追求中的一种难能可贵的人格魅力，这也给世人带来了另一维度的生活启迪。

固然，我们都无法离开这个俗世。在这个金钱至上，功利主义盛行，物欲横流的时代，权力和金钱，已经越来越成为一种伤害生命的“危险品”。看过并看懂王德硕书画展的人，或许能够找到一种理由让自己相信：当人们在追求心灵的成长和成就时，一定会发现美对于生命的意义。再高的权势，再多的金钱，如果对世界毫无审美的眼光，其言谈举止便无法彰显生命品质之美，没有了美的生命，无论是对己，还是待人，权势和金钱的作用，只能是过眼烟云，因为零乘以任何数，结果都会等于零。

人类文化的传承，不会依附于权力，也不会依赖于大楼，这些东西都只是文化过渡的载体。真正意义上的文化，永远都是体现在创造并传承文化的具体人的精神层面上的。人格决定“文格”，人格决定“书格”，人格决定“画格”。

从王德硕先生的书画作品中，我们可以看到：“养浩然之气，极风云壮观”的阳刚，“乘风登太华，绝顶览晚霞”的超然，“知音一曲百年经，子期不在有谁听”的孤傲，“方寸之间人世梦，三思落子亦欣然”的从容，“庐山峻岭隐深处，人面桃花映满墙”的自在，“谁人留得春常在，唯有丹青花永香”的自信等体现士大夫精神的内心诉求，正是通过酣畅淋漓的笔墨，直抒胸臆的挥洒，纵横恣肆的铺陈，使人和书画融为一体，字如其人，人如其字，一个铮铮铁骨的汉子和一个圆融的智者形象，跃然纸上，让人赏心悦目，让人敬重有加。而他心中的真善美，在落笔的那一刻，如墨一般，已经力透纸背，入木三分。

虽然，在这一个时代，要求现实生活中的每一个人，都能坚守真善美，着实是一件强人所难之事，但王德硕先生几十年如一日的做到，至少为我们提供了一种可能，这就是在属于自己的艺术世界里，坚持初心不改，默默特立独行。从这个意义上说，正是美，给每一个人生命提供了一种可能：在世俗中出淤泥而不染。

作为一种有着数千年历史，被无数文人志士推崇并达到至高境界的独特文化现象，中国书法艺术的审美和创造美的过程，既是一种文化的传承，又提供了无限的艺术创新空间；既是视觉艺术，又饱含特定的正能量语义；既是最个性化的，也是最大众化的；既是最有章法的，也是最自由的；既是最高雅的，又是创作成本最低的……这样一种艺术形式，为普罗大众提供一种自由轻松的修行、养生、养性方法的同时，必将因其活水常流而获得永续的生命力。

王德硕先生书画作品国际巡展，今天在北京的首站已经启动了，其个人五十多年的艰辛与探索，都成为他的作品最本质的内涵，并在这一刻结出了丰硕之果。这一成果带着中韩两国业内人士的嘉许，带着一份对中华文化的自信，开始走向国际，可喜可贺！

我们完全有理由相信：王德硕先生的作品，在走向世界的道路上，步伐还会加快，而且一定会因其个人的人品和德行的纯正，使饱含人格力量的作品，走得更远，从而实现作者美育天下的梦想。

谢谢！

2016 年 6 月 5 日

选择美，就是选择了生命最大的价值。

让生命，美美的！

——台湾基隆高中第 16 届美术班毕业成果展上的演讲

我们中国人都知道一句话，叫作："百年修得同船渡，千年修得共枕眠"。我们这次从北京来到台湾，参加第三届"京台社区发展论坛"。今天，一个很偶然的机会，使我们在行程之外，有幸参观基隆高中第 16 届美术班毕业成果展，并应邀出席这一届美术班的毕业典礼，真是很奇妙的缘分，很难得。我想，今天下午我们能在这样一个时空相聚，可能真要修 800 年。

北京大学老校长蔡元培先生在 1917 年的时候说了一句话：要用美育替代宗教。不管你是否同意这个观点，都不重要，重要的是，美育在人性成长中的重要性，是毋庸置疑的。因为，在人类追求的"真善美"三大价值中，真和善都会有冲突：绝对的真实，其实是不存在的；善，是一种动机，与行为的结果未必会一致；只有美，可以形成高度共识。所以，我们北京大学公益讲座，提出了“三文主义”，就是：文以载道，美文传道，以文修身。

在今天的画展上，我看到中学生能够画出这么美的艺术作品，感觉你们真的非常了不起！只有美，可以一直陪伴我们每一个生命走到最后。如果一个生命，最后是美美地走了，哇！这个生命就好厉害，是吧？如果一个生命苦苦地走了，欠了好多债走了，然后带了好多是是非非，还说“千秋功罪，后人评说”，是不是有遗憾？

所以，我们来到这个地球，以人的生命形式存在，有一件事是很重要的：就是能创造美，享受美，而且美美地活着，这是一件非常荣幸的事情。

今天我们看到有这么多的中学生，这么小的年纪，就创造了这么多的美术作品，我相信孩子们在创作这些作品时，你们的心灵是纯洁、纯净和纯美的。你们现在就已经有如此高的审美情趣和创造美的能力，真是一件好了不起的事。选择美，就是选择了生命最大的价值。

在你们毕业的时候，校方举办这样一个画展和毕业典礼，这也是令人感动的，老师的一份苦心，饱含着十分的爱心，有这样的学校长官、班主任、美术老师，是孩子们的福气！希望大家不要忘记今天下午。今天下午，生命会因为美而不一样。因为，三年的艺术学习，你们的生命已经奠定了一个最重要的基础：对美的追求。无论今后你们在哪一所大学学习，大学之后到哪里工作，从事什么样的职业，请记住：一定要让自己的生命美起来！

因为，赚多少钱，当多大官，跟谁吵赢了多少次架，你对得多么厉害等，都不重要，最最重要的是要美美地活着，并且不断创造美的作品和美的生活。

中国大陆最牛的艺术学校，是中央戏剧学院，这所学校的校训是“求真、创造、至美”，而我们北大公益讲座的理念是“光明圆融善”。今天我们把这十一个字作为毕业礼物，送给大家，祈愿我们每一个小生命，带着一颗光明的心，走进自己喜欢的大学，未来走向社会；以圆融的智慧，去克服生命中所有的麻烦和问题，并且永远保持一颗善良的心，去面对这个世界。只要你们能永远求真，提升审美能力，掌握创造美的本领。相信你们这辈子一定会过得非常有价值。

祝福大家！谢谢。

祠堂就是我们的教堂，
家谱就是我们的“圣经”。

2016 年 9 月 7 日

宗家文化与现代生活

——在“中韩宗家文化和现代生活”论坛上的演讲提纲

2000 多年前，有一个人来到这个星球，于是 2000 多年后，因为共同崇拜这个人，我们坐在了一起。如果有人非要说：孔子是为中韩而来的，我想我是不反对的。

韩国的儒学传统，有1300年的历史。在儒学双璧退溪李滉（1501～1570）和栗谷李珥（1536～1584）之后，儒学真正成了朝鲜的国学。

康德说过：人类精神最后的归宿，一是宗教，二是艺术。

谁说儒家社会没有宗教？祠堂就是我们的教堂，家谱就是我们的“圣经”，列祖列宗就是我们的神灵！

那么，以儒家思想为基础的宗家文化，现在面临的挑战是什么？

1. 古代宗家教育内容单一，宗家可以承担全部或主要的做人做事的教育，现代社会却把大部分的教育交给了学校。

2. 工业和信息化社会，分工不断深化，造成教育内容的多元化，随着经济收入来源的多元化、宗家无法通过劳动技能的传授，达到凝聚族员的作用。

3. 人才市场的形成，交通的发达，造成族员在地域分布上广泛化，严重影响宗家文化的聚合力。

4. 现代社会的自由婚姻，也削弱了宗家文化的强劲纽带，家庭单元化和婚变，使宗妇、宗孙的地位严重削弱。

5. 宗家所传承的原有文化传统观念，与现代文明的价值观的冲突。

6. 农耕经济条件下的互助经济转变为工业化、信息化条件下的市场经济，使宗家文化面临完全不同的社会生活环境。

7. 宗家等级制度的基础是知识的权威，而在获得信息和知识成本低廉的现代社会，这个等级制度的基础被瓦解。

8. 宗家文化在传统儒家文化社会的意义：①国家统治层面；②人民精神文化生活层面。

总结：我们面临的真正挑战是，既不可能彻底丢掉儒家文化的传统，成为不明身份的飘浮族群去融入世界；又不可能逃离现代生活，回到宗法制度的农耕社会，成为不合时宜的怪人。

应该怎么办呢?

北京大学公益讲座的志愿者，找到了一种解决方案：活在当下的现实生活里，运用科学的声光电技术，创造唯美的传播方式，以志愿者的真实做到，弘扬善的文化。

这件事，我们已经做了五年多，在中国和日本讲了600多场，期待有机会来韩国安东大学分享。

2016 年 9 月 8–10 日

韩国的儒学传承，
或将会因为语言方面的障碍，
渐显弱势。

赴韩记事

一、安东的儒学传统

2016年9月8日上午八点半，我们从安东宾馆出发，参观退溪宗宅，退溪李滉（1501～1570）是朝鲜半岛第一位大儒。在他逝世150年之后，弟子们在退溪边上建了这座宏大的宗宅。现在已经延续到了第17代，第16代李根必老人和第17代李致亿先生，从首尔专程回到安东，接待了我们，并且热情地介绍和讲解了退溪宗宅建筑风格和基本情况，给每一位参访人员送上了家传的礼物。我们也送上了书法家王德硕的作品《惠风和畅》和北大公益讲座的礼品《至慧命》《光明圆融善》。

从退溪宗宅出来，乘车绕到后山，来到了陶山书院的一个现代讲习所。在这里中韩双方学者继续进行“宗家现场对话”，在分别阐述了各自观点之后，发言人还回答了相关提问，就到了午餐时间。

进过午餐，从陶山书院讲习所的后门出来，在步行回退溪宗宅的山坡路上，沿途看到了很多的石刻，都是有几百年历史的汉文诗词。

继续驱车 20 分钟，来到了陶山书院景区。门口有一块下马碑，据介绍：古代官员当年进书院，都是要下马步行的。安东是韩国的精神文化的首都，这与陶山书院不无关系，最兴盛时，安东有 100 多所书院，现在仍然有 20 多所，这些书院相当于中小学教育。

从景区大门至书院，要经过一个景点：邹鲁之乡石碑。这是为纪念 36 年前，孔子第 77 代孙孔德成先生来此参观设立的。石碑上的“邹鲁之乡”四个篆体字，由孔德成先生亲笔书写。韩币 1000 元的正面，是退溪李滉的头像，背面是《溪上净居图》。走过邹鲁之乡碑，就可以看到《溪上净居图》的实景。

“身退安愚分，学退忧暮境。溪上始定居，临流日有省。”书院玉振阁中的展品，比较形象地展示了当年的书院情景。整个陶山书院的自然生态环境保护得很好。

离开书院，我们来到了儒教文化博物馆。这是一个由国家支持并投资颇大的文化项目。以此命名博物馆，让人感觉好像儒教是出自韩国本土的文化，而非外来文化。

与儒教文化博物馆相连的建筑，是韩国国学振兴院。这里珍藏的八万多块木制印刷雕版，已经于 2015 年 10 月成功申请世界遗产。

在韩国国学振兴院，有一个悬板展示室，所谓悬板，即我们说的牌匾。这些悬板从外观上看，历史已经很久远。

从韩国国学振兴院出来，我们参观了儒教乐园，这是向孩子传播儒家思想的寓教于乐的特别场所。韩国人如此弘扬儒家思想，令人叹服！

2016年9月9日，上午八点半出发，到安东大学参观校园内的易东书院旧址。韩国大学有书院的只有两所，安东大学内的易东书院就是其中之一，颇具名气。孔子学院潘院长（中方）说：易东，意为易经东渐。这座书院比昨天参观的陶山书院历史还要悠久。是由道学家易东禹倬先生（1263～1342）创办的，当时正值中国的宋末元初。

接着我们去参观退溪李滉高足的宗宅。历史记载李滉有306位弟子，其中金鹤峰是最优秀的弟子之一，其故居已有400多年的历史。

今天接待我们的是金鹤峰的15代宗孙金宗吉先生。纪念馆有很多留传了400多年的文物。金鹤峰的墨宝及古籍文献，用恒温藏于云章阁，列为韩国国宝。“乐山玩草，吟风弄月”系400多年前金鹤峰亲笔。这个藏宝楼，一般是不对外开放的。今天，主人破例为中国学者团开放。

吃过午饭，参观韩国最大的安东手工韩纸厂。这与中国的宣纸是同类产品，全部手工制作。我们从楮树、楮树皮开始了解，韩纸的粘合剂用的是一种植物的根茎。

我们应邀参观了生产的全过程，从泡、蒸、捣碎，到做纸浆，再到手工滤纸、烘平台，还参观了丰富多彩的各种纸制品，包括纸质衣服、袜子等。

在正式参观车间之前，随行的两位中方书法家王德硕和王广涛先生，在纸库现场分别表演了精彩的技艺。

我与德硕先生私交甚深，于是，把他拉到身边：“我们以‘安东’和‘退溪’四字，写一副对联送给安东大学副校长、安东孔子学院韩方院长李润和先生，如何？”他眼睛一亮：“好啊！你题我写。”于是，我把写好的题词告诉他：“儒传退溪　文安东方”。

果然，德硕很有感觉，下笔龙飞凤舞，一气呵成。

接下来，我又提议，让德硕为安东孔子学院中方院长潘丽丽女士再题写一幅，感谢她这些天悉心安排，全程陪同。上下联各加三个字："儒传退溪达千古　文安东方泽万世"。

题写完之后，全场一片掌声，德硕问我带印章了吗？我说没有。他提议：那你就摁手印，更真实，无法模仿。我欣然摁下了手印，以示共同创作。

在参观韩纸厂外买部的时候，我突然想起一件事来：儒家文化是建立在汉字基础上的，而韩纸的手工工艺，是为汉字书法服务的，韩纸厂开发各种纸质生活用品，是不是意味着作为书法载体的韩纸，在韩国已经开始失去市场需求呢？

创立韩文，固然解决了一个民族拥有独立文字的问题，然而也带来了一个麻烦：从文字上割断了历史。即，后人在学习民族历史文献之前，必须重新学习古汉语，而且是繁体字。另外，与其他文字一样，韩文并不适合中国书法。因此，接下来我们不难想象：韩纸再好，作为书法的载体，其命运令人担忧，因为，既然这种纸不用于书法，又何必不采用更现代一些的造纸技术，非要这样的手工制作呢？

可以设想：未来若干年后，韩国的儒学传承，或将会因为语言文字方面的障碍，渐显弱势，因为那时儒学将很可能会成少数人的学术游戏。

二、现代化的副产品——空巢村

从韩纸厂出来，参观安东八景之一的河回村。

这是一个具有 600 多年历史的传统村落。河回村处于群山环抱之中，风水极佳，被誉为"活的朝鲜时代建筑博物馆"。书香门第的传统，造就了这座古村深厚的儒教底蕴，村里每家每户至今仍有在大门上贴对联的习俗。

2010 年 7 月 31 日，河回村被联合国教科文组织列为世界文化遗产。据说历任总统离职后，都会来此买一套房。

宗祠文化在这里还在延续，只是年轻人已人去楼空，只有宗孙在此看守。所有宗宅，都是由宗孙来看管。而宗孙真是不好当，往往连媳妇都很难找，因为宗孙的媳妇，每年要办很多次祭祀，这对于现代的年轻人来说，的确很痛苦。据说，曾经很多女孩，谈恋爱谈到知道对方是宗孙时，立马告吹。现在的小伙子也学乖了，开门见山：我是宗孙，爱要不要。

走进村子，我们很明显地感觉到，这里也无可奈何地成为现代化的副产品——空巢村。尽管山清水秀，寂静美丽，仍然留不住时下的年轻人——他们喜欢繁华和热闹，这里实在待不住，都走了。

几十年前，乡下人偶尔也去城里见世面，好玩是好玩，却心里明白：这里不适合生活，而且没有收入来源。现在，城里人偶尔也去乡村，回味自然，放松心情，却心里明白：这里只可以消遣，必须回到城里，还得继续打拼挣钱。

据说，河回村很多房屋的主人常年住在首尔，每年家族成员凑份子，只为回来修缮一次因常年无人居住而渐渐破败的老屋。

村里每户人家的大门都有一幅汉字的对联。韩国人喜欢白色，所以，对联都是白底黑字。从这些文字中，可以感受到十足的中国文化元素，甚至连纪年陈列品上使用的都是明朝万历年的字样。只是现在人去楼空，整个村庄成了文物。

从网上搜索到了一篇 2009 年转载的 1998 年的消息：韩国的世界遗产数量亚洲第一，世界第六。现在 18 年过去，数量肯定会更多。韩国人既保留文化传统，又积极融入世界，以如此小的国土面积和 5000 万人口跻身世界发达国家，必有其内在原因！

三、润物无声，和谐有道

晚上，回到宾馆，欢送晚宴是品种丰富的自助餐。这次中韩“宗家传统与现代生活”对话活动，仿佛才刚刚开始，却即将结束！

酒过三巡，李润和院长，带着关公脸，与大家分享付出的喜悦，我不禁想起：应该在给他的对联中，加上他的名字，于是将“儒传退溪　文安东方”，扩充为：“儒传退溪润物无声　文安东方和谐有道”。

李院长一阵欢喜，相约明年第四届中韩儒家文化交流再聚安东。我则相约十月丫山国际志愿者村聚会，不见不散。

四、首尔一日

2016 年 9 月 10 日早上七点，告别安东，我们乘大巴前往仁川机场，送部分团员先行回国，之后继续北上，四个小时后，到达世界第十大城市，韩国的首都：首尔。

韩国有三个首都，安东是精神文化首都，首尔是经济首都，政治首都也开始迁至汝矣岛。

首尔，是一座年轻的城市，呈现在我们眼前的是林立的大厦、朝气蓬勃的人群、繁华喧闹的街道，充满活力的节奏。韩国的总人口 5000 万，首尔就占 2000 万。在人口密度极高的首尔，拥有 34 所大专院校，可以说是名副其实的大学之城。

下午，我们参观了有 65 年历史的韩国贞华大学。该校创始人淑华女士，即现任校长韩崎正先生的母亲。朝鲜战争期间（1951 年），淑华女士在釜山创办了这所学校，而 70 年前，她曾经在上海生活过。

学校命名为“贞华”，正应了南朝齐王俭《和竟陵王高松赋》：“嗟万有之必衰，独贞华之无已。”寄望贞华大学培养出的学生，具备高洁辉耀的品德，同时为社会创造纯正的价值与财富。

贞华大学坐落于首尔中区退溪路 16 街 21 号，明洞校园是首尔的地标建筑，整个校园的教学设施一流，人文环境优美。当然，一提起“明洞”，就如同说起中国北京的“北大西门”，众人皆知。

陪同我们参观的不仅有校长韩崎正先生，还有播音主持系主任、高级教授崔宗焕先生。身高 1 米 83 的崔宗焕，是韩国的著名演员——皇帝专业户。他曾经在 2001 年获得韩国 SBS 演技大奖，2011 年获 MBC 演技大赏 PD 奖。

透过一个小时的介绍会，此行从北京来的年轻企业家王小昂先生，现场与贞华大学达成了共同培训中国年轻艺人的合作项目。

上世纪 60 年代诞生的韩国电视剧（简称“韩剧”），风靡大陆多年。据说，制作精良的韩剧制作成本，是中国电视剧成本的十分之一，有的甚至只有五十分之一，中国著名演员的片酬占总投资的 40%，甚至更高，这点让韩国人看不懂，很难理解。

韩剧的模式是边拍边播，不断听取、考虑和采纳观众的反馈，反复揣度观众的喜好，在此基础上设计后续剧本情节。其影视界对编剧的重视程度，真是让中国业内人士汗颜。“韩流”的背后，究竟意味着什么？令人深思……

首尔原名汉城，为了去汉化，重塑民族自信，改成了首尔。现在还看不出利大于弊，还是弊大于利。拭目以待，结果绝非三代五代能看清……

下篇　诗与词

秋天的品质

——写在乙未中秋前夜

（2015 年 9 月 27 日）

秋天，
是走向成熟的季节，
经历了萌动的春天，
成长于火热的夏天。
梦想与追求，
在激情燃烧的岁月，
经受了一次次磨砺；
自负与轻狂，
在跌跌撞撞的征途，
造就了自信的品质。

秋天，
是学会谦卑的季节，
悄悄弯下高傲身姿，
因为果实已经丰满。
争强与好胜，
还是因为自己太小，
经历成长方能拥有；
随缘与顺便，
不再妄想改变别人，

只需努力改变自己。

秋天，
是到达圆融的季节，
一切发生都该发生，
发生背后皆有意义。
知道与做到，
是一枚硬币的两面，
行住坐卧无不修行；
从生命到慧命，
是自我意识真正的觉醒，
是心能转境真正的觉悟。

秋天，
是生命辉煌的季节；
秋天，
是慧命绽放的季节。
尽管忧郁还未褪尽，
秋风丽日常伴心情，
思绪万里天高云淡；
尽管处境未必圆满，
秋高气爽心旷神怡，
遐想尽显无限光明。

和晓剑《香羊宴》

（2015 年 9 月 28 日）

中秋翌日，好友好诗，思绪荡漾，欣然和之。

悠然一羽游云天，独向苍穹问诗篇。
此夜银河应无恙，今宵何处起风烟。
门庭车马喧寂寞，案桌笔墨染荷仙。
吴刚把酒邀旧客，千年转瞬弹指间。

附　香羊宴

任晓剑

乙未中秋夜，与友把酒问月

悠然远岫暮云天，独向疏桐淡色边。
此夜香羊观水月，今宵恬醉话风烟。
门庭胜友逍遥寨，牖外秋林自在仙。
借问蟾蜍何时有，微生对酒共人间。

和韩磊《晨思》

（2015年10月5日）

我从黑暗中醒来
黑暗曾经让我宁静
窗外已经开始泛白
如你的眸子，慢慢睁开
又一颗流星划过
是暗没有褪尽
恒常的星辰运行
不会因为白昼变化
只是你能否看见
梦中世界的喜怒哀乐
梦中世界的悲欢离合
都是转瞬即逝
不会因为你舍或不舍
是变或不变
梦中的我，究竟是谁
慈悲的泪，可有源泉
眼角滑落的
不是泪而是真爱
如那繁星般的永恒
在夜空闪烁
即使城市的天空

笼罩着沉重雾霾
远处道源的晨光
正带着微曦走来
天快亮了
心也亮了

附　晨思

韩磊

（2015年10月5日）

我在凌晨醒来
这个世界，这般宁静
窗外满满的黑色
如你的眸子，那样清澈
我看见一颗流星划过
原来，没有什么是恒常不变的
你睡着，在梦的世界喜怒哀乐
那梦里，梦里，有我么？
慈悲的泪珠，从眼角滑落
如那繁星，在夜空闪烁
远处晨光微曦，天快亮了

孩子，真的对不起

（2015年12月20日）

孩子　此刻
看到你熟睡的样子
我不禁流下了眼泪
我知道　你在梦中
还在挣扎　还在追问
妈妈　你为什么会这样
妈妈　你为什么要这样

你来到这个世界
给我带来了
无尽的快乐和幸福
让我懂得了母爱的伟大
看着你在我怀里笑得那么甜
看着你在我身边玩得那么欢
我会忘记时间
完全进入无我的状态

可是　不知从什么时候开始
你成了我的负担
成了我的心病
你开始跟我作对

我也开始好烦你哦
我的工作压力　实在是太大了
而你的学习压力　也越来越沉重
我没有办法告诉你
我有多难
但我知道　你也过得不容易
我知道　你在成长
想自己决定自己的事情
于是　你开始察言观色
利用家庭关系　改变我的决定
我知道　你不愿意被我强求
想拥有更多的自由
想尝试更多学习之外的乐趣
于是　你开始对大人撒谎
可你知道吗
孩子撒谎　是父母的失败
所以　那一次　我完全失控了
我知道　你也惊呆了

就在那一刻
你和我　好像相隔十万八千里
就是从那一天开始
我怀疑你说的每一句话
孩子　我的心　好痛
曾经的幸福和喜悦

从此　渐行渐远

想起你天真烂漫的童年
我不停地问自己
是不是更喜欢小时候的你
是你的成长
让我失去了你
还是我过于强势
让你变得不再可爱
是我恨铁不成钢
总是啰里八嗦
还是你开始叛逆
追求属于你自己的人生

每当夜深人静
我一遍又一遍地
在心里苦苦地问自己
为什么会这样
难道是我的错吗

现在，我终于明白了
这一切的发生
是对母爱的考验
考验我　爱你到底有多深
考验我　爱你有多少智慧

孩子　真的很对不起
我一直都没有把你还给你自己
既然把你生下来了
就应该帮助你成为你自己
我总是用大人思维
评判你的所思所想
我总是用对错是非
看待你的言行表现
我没有倾听的耐心
却一味要求你必须服从
我把母爱
做成了你沉重的负担
我用牺牲
使你带着负罪感生活

真的对不起　我错了
孩子　真的对不起
我知道的太晚了
现在我已经醒了
我在等你醒来

我要擦干你眼角的泪水
我要再一次紧紧拥抱你
让我们的心永远在一起

我不再对你有任何的强求
而且永远给你充满信任的爱
让你带着我的爱
轻松地去飞翔
去成就一个更好的自己
孩子　真的对不起
我在等你醒来

孩子　太阳　就要升起了

妈妈，我想对您说

（2015 年 12 月 21 日）

妈妈
每当我看到您
我就什么也不想说了
因为从您的眼睛里
我看不到曾经的信任
因为从您的脸上
我看不到曾经的温暖
看到的只是
您强忍着的愤怒
和由内而外的抱怨

妈妈
我知道　我没有您想象的那么好
为了不让您生气
我一直活在恐惧和不安之中
每天期待着您晚一点回来
第二天早一点出门
这样　可以让我多一份清静

妈妈
我们过去在一起

可不是这样的
您的脸上　永远是阳光
您的眼里　装着满满的爱
而现在　您阴沉的脸
在告诉我　您在为我纠结
我知道　您已经对我失望
因为我不可能实现您的梦想

妈妈
我真的好爱您
没有您
我就不可能来到这个世界
就不会知道母爱是这样的伟大
妈妈
我多么希望您
还能像看到我的第一眼时
那样喜悦　满足　自信

妈妈
我想对您说
我是您生命的延续
我身上流淌着您的血
我们的心永远在一起
所以，我知道
只有让自己好

对方才会好
没有对方的喜悦
就没有自己的快乐

妈妈
我真的好想让您　以我为荣
但最后的结果
未必是您设计的那个样子
因为　我走不了您的老路
因为　我有自己的功课要做
只是请您对我放心
只是请您为我祝福
我会用您的爱激励自己
不断走向光明
学习圆融
坚守善良

妈妈　我真的好爱您

航班两度取消改乘高铁往吉安记

（2015 年 10 月 22 日）

修行不怕远征难，雪迫停航高铁忙。
三天两夜奔千里，五环折返回二环。
小河初识冬风冷，大雪覆地铁轨寒。
明日登上黄洋界，一览云海观崇山。

未名湖的雪后天青

（2015年11月23日）

北阁松翠沐瑞雪，博雅擎起一片天。

苍茫大地主沉浮，冬去春来看燕园。

和韩磊《正宫醉太平·丫山情》

（2015年12月21日）

那年冬日夜，
悠然登丫山。
千回百转上卧龙，
把酒话衷肠。
因缘具足应聚此，
一瞬即千年。
漫天星斗伴满月，
群山苍翠响瀑泉，
能不忆丫山？

附　正宫醉太平·丫山情

韩磊

暖暖冬日，
悠悠丫山，
南情北意浓山巅。
把酒言欢，

此生因缘在此间，
一瞬过千年。
半天星斗半弯月，
半坡红叶半池泉，
能不醉丫山？

和曹放《丹凤吟》

——忆乙未冬上井冈山开讲三阶“幸福是想出来的吗”

（2015 年 12 月 7 日）

雪涤北国冬霾，
静净无声，
原野苍茫，
松惊翠喜，
香山红叶梨花。
久违风景，
素裹千壑。
圆月孤悬，
笑看人间，
三十八万公里。
一览无余。
寒江千里无钓。

瑞雪纷纷落处，
一时覆盖尽清白。
下广昌路上，
由黄渐绿，
青山依旧，
当年风采。
更有一腔情怀，

踏步登顶井冈山。
生命至慧命，
幸福之旅，
光明圆融善。

附　丹凤吟

——己未大雪抒怀

曹放

雪压冬云时节，
北雁南飞，
原野枯凉，
松摇青翠，
蜡梅一吐幽香。
眼前风景，
胸中丘壑，
阴晴圆缺，
天道流芳。
笑望隔岸红尘，
轻甩鱼竿，
独钓千里寒江。

纷纷瑞雪飘飘，

也曾把酒闹欢堂。
看炉中红火，
锅底沸水，
灶上牛羊。
当年盛会，
更有曲短歌长。
而今心向广寒宫，
依依明月光。
漫舞低吟，
山河写华章。

和韩磊《细雨丫山》

（2016 年 1 月 26 日）

冬夜细雨夹寒风，远客迟暮踏卧龙①。
灯火阑珊映静湖②，灵岩③钟鸣伴孤松。
但有慈悲为九成④，还须智慧添一重。
寻道丫山尤可喜⑤，云雾深处悟禅宗。

① 卧龙谷，丫山核心景区。
② 静湖，一指山顶水库龙鼎湖，二指山顶露天泳池。
③ 灵岩寺，千年古寺。
④ 九成山舍，山顶吊脚楼别墅群。
⑤ 九成山舍电梯上三个大字：丫可喜，亦是丫山人迎客口号。

附　细雨丫山

韩磊

（2016 年 1 月 26 日）

昨夜细雨丫山中
有客寻禅攀顶峰
峰顶不见云和月
卧龙谷里雾朦胧
不生不灭

不减不增
空不异色
色不异空
灯火阑珊是九成
心有灵犀一点通
灵岩钟鸣
声声苦乐都随风
人生一场梦
路边枫红
叶叶来去皆从容
谁是那老僧

和韩磊《昨夜细雨》

（2016 年 2 月 22 日）

春风化雨过山岗，双秀峰上梅花香。
盖头轻挑遮羞涩，精神抖擞盼新郎。
严寒过尽处处春，日暖千枝望南安。
沽得清酒酌晚霞，笑看崇岭道源藏。

附　昨夜细雨

韩磊

（2016 年 2 月 20 日）

昨夜细雨过山梁
丫山顶上梅花放
轻挑红盖头
婉在等新郎
不畏严寒不争春
不执花落不夺香
遥望南安城
随风自芬芳
沽清酒
酌霞光
管他世上今何日
做自己君王

中山至广州转湘潭祁东

（2016年3月4日）

昨夜星辰昨夜风，欢歌笑语桂山中。
挥手惜别珠三角，西去湘潭到祁东。

清明悠思

（2016年4月2日）

晨光月曲今犹在，不知远方是何年。

春风不度阴阳界，欲送微信情绵绵。

丙申诗人节于台北

（2016 年 6 月 9 日）

应台湾诗人朋友蔡富澧先生邀请，丙申诗人节，参访台北齐东诗舍，听诗、读诗。蔡先生应景作诗一首："小小诗舍，浓浓诗情，远来近悦，天涯毗邻！"随和感言二首。

窗外雨淅沥，
舍中诗意浓。
人生多境界，
超然心静中。

没有诗，何以堪？
若无情，苟且活。
诗情携画意，
人生处处春。

红领章帽徽四十年过去……

（2016年8月1日）

岁月像一条流淌不尽的长河，它洗去了多少青春的豪迈与冲动，却留下了深刻的怀念和战友永恒的情义。

记忆像一本翻阅不完的史书，它记录了多少曾经的激越与情怀，呈现出了遥远的画面和军营美好的诗篇。

四十年前，雪飘黄昏，锣鼓喧天。我们，一批中国江西的农民知青和知青农民，放下了肩上的锄头，走出泥泞的乡间小道，准备迎接命运的全新转折。

胸前那朵纸做的大红花，饱含着梦寐以求的光荣与梦想，把我们满面春风的脸庞映照得如同朝霞。

送行的队伍里，亲人们的声声叮咛与嘱托，参和着依依不舍的喜悦泪花，还有那些情窦初开的羞涩少女，在远处翘首眺望，用纯情的目光寄托对美好爱情的朦胧的厚望……

忍忍心，留一个背影，于是将自己融入了绿色的人潮。

向前，向前，我们的队伍向着祖国的海疆……

四十年前，激情飞越，气宇轩昂。我们，一批中国江西的知青农民和农民知青，走出田间地头，脱下破旧的百姓装，换上了崭新的国防绿。那是我们一生中最激动人心的一次换装，那是我们一生中最让人心潮澎湃的身份转变！

青春拥抱着崇高的理想，崇高的理想拨动着驿动的心，驿动的心驱动了矫健的双脚，我们大步跨上了透风的闷罐列车。汽笛已经拉响，火车已经启动，铿锵的车轮声，道别了父老乡亲，离开了红色的土地，也送走了沿途村庄零星的灯盏。

理想，在夜空中升腾；美梦，睁眼也在绽放。

向东挺进、向南挺进，向东南挺进……

四十年过去了，那颗红星已经永远地烙在我们的眉宇之间，一路照耀着我们此后的人生道路，鼓舞着我们驱逐迷惘，踏尽艰辛，坚定方向。

四十年过去了，红色领章始终陪伴在我们生命大动脉的两旁，护佑我们走过一路风雨兼程的坎坷征途，迎接每一天的曙光和新生活的希望。

四十年过去了，海风还在吹拂罗裳山顶上的马尾松，海浪仍在拍打围头半岛的礁石，我们嘹亮军歌的余音还在回响，我们美丽青春的情怀还在回荡……

四十年过去了，营房可以不在，靶场可以不在，战壕可以不在，番号可以不在……但历史还在，记忆还在……因此，四十年后：我们无悔，我们无愧！

让历史告诉未来吧——

“77 年的兵”，这是一个亲切的称呼！

“77 年的兵”，这是一个光荣的称号！

“77 年的兵”，这是一颗金色的勋章！

“77 年的兵”，更是一个美丽的传说……

科瑞二十周年长联

（2012年7月28日初稿，2016年8月2日再稿）

上联

九二年，惊涛又拍岸，卷起千堆雪。

春华似锦，江南生机盎盎，山花烂漫。

古城豫章，青山湖畔，志士雄心把酒凌空唱。

结十年盟约，无私无畏，不弃不离，愿以真心换此生。

幻想美，梦想真，理想善。

风雨同行，拳拳赤诚；千回百转，心心相印。

环顾天下：起落无常是有常，重情重理重法重天意。

顺势而呼，因缘聚会，志道相随。

看滚滚英雄在谁手？

风景这般独好。

今朝雄鹰在手，与往事干杯。

登临远眺，但见前川旌旗漫。

莫辜负：八方豪杰，三界挚友，万般信赖，九天祥云。

下联

二十载，征途再起步，拨开万里云。

秋实如盘，塞北硕果累累，岩松挺拔。

首都北京，佳境天城，众将肝胆挥手赤长拳。

望一心诚义，亦进亦退，有得有失，誓将热血谱春秋。

见识广，胆识强，学识高。

德才兼备，坦坦胸襟；四面八方，人人襄助。

纵览古今：兴衰有道非无道，法地法天法道法自然。

登高而招，商机整合，义利兼顾。

问浩浩财富聚何方？

江山如此多娇。

来日辉煌可及，为时运祈祷，

合掌静冥，遥想后军宏图展。

只为得：百年科瑞，一往情深，几许坎坷，半壁江山。

丫山秋兴

（2016年8月17日）

粤赣南安一岭隔，
岚雾烟波景色。
漫山红叶待霜华，
情歌依依羞涩。
天高云淡觉新秋，
登临九成山舍。
丹青随心意，
道源乐自得。
无所求，
放声歌。

附 丙申吟秋

曹放

赣水闽山何处去，
台海烟波迢递。
漫洒诗心度年华，
弦歌依依流丽。
风凉惊觉又新秋，

回首苍茫无际。
一支丹青笔，
几多浩然气。
书不尽，
无限意。

和曹放《浪淘沙·秋夜独语》

（2016年9月3日）

2016年9月3日，为北京大学公益讲座在诚盈中心北京慧至堂举办第619场而作。

云破月清光，风萧叶寒，楼台人静凭栏杆。往事旧梦重提起，何处秦关。

烟波虚云端，远景孤帆，一意独行渐阑珊。诚盈慧至迎新客，好梦尽欢。

附　浪淘沙·秋夜独语

曹放

云掩月将残，风露清寒。楼台漫步倚栏杆，心事万千随逝水。漫流秦关。

波淼接云端，一叶孤帆。重重旧影渐阑珊。半榻书香沉醉后，好梦犹欢。

人生真短

（2016年9月2日）

刚刚，还伸出双臂
拥抱着清晨的霞光
嘴唇，却已经触碰到了
黄昏灿烂的脸庞

刚才，还漫步在田野
把初春的美艳欣赏
转眼，金色的秋叶
已纷纷醉倒在山岗上

心，依然风华正茂
充满着激情与梦想
岁月，却漂白了乌发
矫健已换着步履蹒跚

光阴，实在过得太快
领悟，总是来得太晚
因为太短，更须珍惜当下
因为珍惜，才走向诗与远方

和志峰《古风·中秋随想》

（2016年9月15日）

秋高苍穹朗，万家月下欢。
倩女舒广袖，谁言蟾宫寒？
当年举弯弓，射日羿得赏。
嫦娥梦仙境，欲往偷灵丹。
桂树年复年，佳酿有吴刚。
月照千江水，水映碧玉盘。
中秋思后羿，兔自依阑干。
天若有情时，婵娟共万方。

附

古风·中秋随想

志峰

秋空明月悬，万家相聚欢。
可怜素娥女，孤冷守广寒。
相传羿射日，仙人增灵丹。
只为偷仙药，弃羿奔玉盘。
玉兔忙捣药，蟾蜍浊月圆。
吴刚砍桂树，岁岁复年年。
中秋思后羿，独自依阑干。

兰花谷

（2016 年 9 月 27 日）

丫山深处兰花谷，一片清心落玉壶。
简约幽静达天观，玲珑洁雅超凡俗。
款款长绿迎冬寒，微微含笑度夏暑。
远离尘嚣非难事，曼妙岚雾此处殊。

丫山暮色

（2016年9月28日）

凭阑远影望群山，怀云茶亭暮苍茫。
万米栈桥穿林海，千年古道迎马帮。
幽谷深处有深声，座上闲客非闲谈。
车水马龙迷无路，喧嚣过后乐陶然。

附　和梓林《丫山暮色》

志峰

日暮丫山远，幽谷有人家。
远离喧嚣地，悠然品嫩芽。
座上无闲客，慧中气自华。
莫道桑榆晚，散作满天霞。

国庆·丫山

（2016年10月3日）

天高云淡溪水流，的啦桥上晃悠悠。
山坡滚草意未尽，孩童乐园泛小舟。
独轮小车高脚登，林间路虎竞自由。
九成藏于深山里，龙鼎湖光万顷秋。

附　无题二首

志峰

十月丫山，秋高气爽。花如海，人如织，景色宜人，心向往之。有感赋诗，兼和梓林。

（一）

雾满青山江自流，云海遥望空悠悠。
栈道穿林无穷尽，千帆过后有孤舟。
石林似剑冲天立，小瀑如蘑拟有由。
黄花虽美春去也，姹紫嫣红时已秋。

（二）

貌美如仙丫山秋，黄花弄姿春难留。

冰山消溶化小瀑，石林似削刃仇雠。

碧水悠悠千帆竞，林海茫茫无尽头。

今朝兴起登高处，满目秀色一望收。

虞美人·九成花海

（2016 年 10 月 3 日）

一弦苦乐难弹尽，
何曾书万卷。
小楼夜深欲入定，
玉宇茫茫渺渺最清静。

从来卧龙藏深林，
秀峰夕阳红。
九成花海觅知音，
恰似明月千里同此心。

注：卧龙谷、双秀峰、九成山舍、花海客栈系丫山之地名。

蝶恋花·丫山晨曦

（2016年10月3日）

梦醒西楼无睡意，秋云清高孤芳不容易。
花海阑珊灯火处，潺潺流水卧龙溪。

道源览胜九成诗里字，字字行行尽显浩气。
推开窗前半斜月，晨风唤起万里曦。

丫山桂花香

（2016年10月7日）

丫山十月，桂花盛放，香飘四野，甚是迷人。

小楼经声谁在诵？引来黄花舞秋风。
丹桂飘香遮不住，嫦娥闻得醉九重。

附　和梓林《丫山桂花香》

志峰

听闻丫山桂飘香，惹得素娥舞霓裳。
余音袅袅传千里，经声来自慧至堂。

和志峰《九九重阳》

（2016年10月9日）

菊黄秋蟹香，转眼又重阳。
天高存心志，云淡万里霜。

附 九九重阳

志峰

九月菊花香，佳节又重阳。
登高畅秋志，江天万里霜。

和志峰《咏枫》

（2016年10月16日）

霜天冷寥廓，漫山秋风嗦。
月来静夜思，日出红似火。
愿比百年松，莫言一叶薄。
惜别轻挥手，明年更婆娑。

附　咏枫

志峰

秋霜染枫叶，叶艳胜花红。
人言岁寒友，皆称梅竹松。
我独爱枫叶，霜重色愈浓。
志愿壮秋色，昂首傲寒风。

和志峰《逢时》

（2016年10月18日）

秋风正萧瑟，远方百叶枯。
枫枝轻摇曳，层林渐显朱。
春生夏劲长，秋来峦中殊。
逢霜应时节，冬尽迎复苏。

附　逢时

志峰

萧瑟秋风劲，叶脱百草黄。
枫叶独自喜，佳人配红妆。
四时虽无形，化物皆有像。
荣枯逢时节，何必羡春光。

和韩磊《丫山夜色》

（2016 年 10 月 20 日）

日落西斜尽洒晖，金盘深处几旋回。
叠层漫漫飞逐浪，天红似火山色归。

附一　丫山夜色

韩磊

月映孤影对成双，雾锁楼门几重墙。
狂风歇处山幽静，众人皆醒我独忙。

附二　和梓林、韩磊《丫山夜色》

唐岚

谢幕尽散仙女花，赢得漫天遍彩霞。
风雨过后分外娇，山间岚苑是我家。

和《秋雨摧桂》

（2016年10月21日）

落花流水天有意，香销报恩回大地。
樵夫何须怨秋雨，来年春风又新枝。

附　秋雨摧桂

黄山樵夫

无情秋雨摧百花，玉殒香销堪嗟诧。
但使嫦娥点仙露，人间丹桂永芳华。

丫山仙境

（2016 年 10 月 21 日）

怀云茶亭落九天，座客遥指晚霞边。
崇山峻岭独仙境，难得放下自有闲。

怀云

（2016 年 10 月 22 日）

远山铁塔直，浮云变幻多。
青山遮不住，崇岭现婀娜。

和志峰《栈道行》

（2016 年 10 月 22 日）

天路穿云间，栈道山崖悬。
满眼郁葱葱，脚下淌清泉。
凤鸟见客鸣，信步有白鹇。
金桔已显黄，红柚沉甸甸。
同行志愿者，望山话诗篇。
修文以养性，别有一洞天。
漫步丛林中，远离闹市喧。
青山伴绿水，胜似活神仙。

附　栈道

志峰

栈道凌空悬，穿越林海间。
四面竹树合，偶见一线天。
枝头鸣凤鸟，彩蝶舞蹁跹。
蜜桔轻摇曳，红柚露笑脸。
三五同路人，信步频交谈。

言诗在于志，论词重自然。

不知不觉中，已然到终点。

有幸来仙境，难得几日闲。

注：2016 年 10 月 21 日上午，与先行到达的志愿者一行五人，步行游览新近完工的栈道——“天行健”。此段栈道起自山腰竹林腹地，环山而行，蜿蜒不断，总长约 13000 米。全部使用丫山自研自产的木塑建材，建造历时两个月。

秋感

（2016 年 10 月 23 日）

万山红遍已深秋，一叶扁舟过江陵。
人生六十方知始，雄鸡唱罢是天晴。

和志峰《偶成》

（2016年10月23日）

登上秀峰巅，岚雾漫山间。
浮云脚下过，初心志愈坚。

附　偶成

志峰

（2016年10月22日）

伫立丫山巅，置身云海间。
云随微风动，心如磐石坚。

花甲感怀

（2016年10月24日）

花甲人生唤新轮，惊梦初醒争时分。
梅竹双清守仁志，水天一色玉宇澄。
铃声已断情未断，虚名愿舍慈不舍。
明月朗朗心如日，问罢苍生问鬼神。

和韩磊《石门天开》

（2016年10月25日）

敞开胸襟望天蓝，百鸟争鸣乐翠园。
声声秋雁行未断，姗姗白鹇步尤闲。
昨夜清风抚明月，今朝旭日染霞绚。
秉持光明圆融善，留得丹心可待传。

附一　石门天开

韩磊

石门天开一抹蓝，梅竹双清香满园。
细细铃声情难断，处处桑梓只等闲。
烟岛云林风推月，公益之路千百旋。
挥毫光明圆融善，慧命歌声九州传。

注：丫山脚下水库为“石门水库”。

附二　和《石门天开》

志峰

双峰秋高天蓝蓝，竹翠松青绿满园。
悠悠铃声何言断，熙熙受众难得闲。
夜静山空一轮月，余音袅袅绕梁旋。
惠己及人心向善，公益美名天下传。

和志峰《晨》

（2016年10月24日）

窗前群峨秀，满目翠绿山。
天落吉祥雨，一醉一陶然。

附　晨

志峰

窗外翠竹秀，远处雾漫山。
淅沥蒙蒙雨，心旷神怡然。

和志峰《怀云茶亭》

（2016年10月23日）

秀峰云到处，飞来一茶亭。
高朋常满座，何须叹伶仃。
晚看夕阳红，晨起山色清。
修生养性地，纵横话古今。

附　怀云茶亭

志峰

（2016年10月23日）

山间品茗处，名曰怀云亭。
亭中多雅座，座上无白丁。
茶色艳艳红，味甘汤亦清。
远离喧嚣地，谈笑论古今。

临江仙·丫山

（2016年10月27日）

莽莽群峰远天边，风卷乱云飞度。花海石手耸立处。游人千千万，当惊丫山殊。

一桥飞跨两崖间，天堑已成通途。史海钩沉百卷书。白首难穷经，修行不归路。

和志峰《临江仙·丫山》

（2016年10月26日）

日出唤得群峨醒，彩霞浓妆丫巅。一桥飞架崇岭间。花海石手秀，笛箫自深山。

品茗笑谈怀云上，山静风轻得闲。吟诗作对尽得欢。无论多少事，终究如云烟。

附　临江仙·丫山

志峰

（2016年10月26日）

幽谷鸟鸣惊梦醒，披衣漫步丫巅。千峰逶迤云海间。松挺翠竹秀，无处不青山。

常来品茗云亭上，喧嚣远去心闲。一杯清茶相见欢。笑谈古今事，过往如云烟。

闲情逸致

（2016年11月1日）

三阶过后只等闲，再上书院聚道源。
薄酒淡墨风雅颂，幽兰青竹尽开颜。

虞美人·丫山立冬红果

（2016 年 11 月 7 日）

浓妆朱唇野山坡，千枝尽婆娑。九成立冬换新颜，低吟浅唱点点映蓝天。

意足心满酥心醉，潇洒走一回。此去如来红落去，更待岭上再度沐春雨。

附一　和梓林《虞美人·丫山立冬红果》

志峰

山果尚青挂满坡，风中舞婆娑。秋去冬来变容颜，装点崖畔映红半边天。

俏压群芳心已醉，不枉来一回。残红落尽随他去，明年绽放只盼潇潇雨。

附二　和梓林《虞美人·丫山立冬红果》

韩磊

谁家碧玉红盖头，冬深锁春愁。半山果香随风去，一帘幽梦只等惊蛰雨。

霜天独秀观自在，静待故人来。万绿丛中遥遥望，道源楼上相思挂满窗。

踏莎行·丫山立冬

（2016 年 11 月 8 日）

浓妆绿裹，千藤蔓疏。九成山舍盘山路，一壶清茶怀云亭，白鹇穿行红果树。

杜鹃声里，竹林木屋，远离尘嚣归隐处。石不言语为旧客，过眼云烟是史书。

踏莎行·西征思乡

和志峰《踏莎行·无题》(一)

(2016年11月10日)

云海茫茫，千军津渡。旌旗万杆阴山处。鸿雁传札报捷去，醉卧沙场吹笛芦。

红日西沉，归心何如？独对烛光念家书。待得征剿灭群寇，摘片彩云赠予汝。

踏莎行·千年一回

和志峰《踏莎行·无题》（二）

（2016 年 11 月 10 日）

寰宇苍茫，流星飞渡。银河系外是何处？一凭思绪纵驰去，远在天边听笛芦。

黑洞深沉，时空何如？历尽万劫谁能书。哪来的成王败寇，转世轮回谁为汝。

附　踏莎行·无题

志峰

（2016 年 11 月 8 日）

暮色苍茫，乱云飞渡。故乡遥望知何处？一行秋雁南飞去，智越昆仑衔荻芦。

史海钩沉，夫复何如。人生难尽万卷书。管甚么成王败寇，不若唱和吾与汝。

对联

2016 年 11 月 16 日，志愿者一行游福建宁德古田县翠屏湖，偶得两联。

波山曲线松竹翠

平湖叠影花草香

——游古田翠屏湖有感

来此聊聊不谈是非

坐下静静应当舍得

——为“丫山国际志愿者村诗舍”楹联

龙潭寻石

（2016 年 11 月 19 日）

芹洋西上有峡谷，寻石探幽林深处。
万马鞍下河道窄，百尺崖上白云疏。
坐卧侧立两相望，跳跃飞跨一念殊。
待得至慧园中聚，立于村头传千古。

秋图词

——和志峰《无题》

（2016年11月26日）

碧水枯枝映天蓝，莫道红叶，不如二月花。夏风吹不落，秋霜尽情染，此景胜春显光华。

飘零不知处，高下何须论，无常有常是造化。笃初慎终，深藏浅笑，落根更待新枝发。

附　无题

志峰

（2016年11月26日）

莫道红叶俏，红于二月花。
若非秋霜染，安能有其姹？
百花皆零落，败叶放光华。
造化本无常，难以论高下。

爱是答案（歌词）

（2017 年 1 月 3 日）

从来没有这样关照过自己
几乎迷失了自我
我已迷失　没有目标
我一直活在别人的看待里
但突然发现　我已无所适从
我像在空中漫步
我到处寻找一个人生的意义
无路可走时一直在走着弯路
当我穿上这一身蓝色的衣服
现在我一天天走上正轨
志愿者陪我度过最黑暗的时期
因为孤单的道路还漫长
而大家给了我力量
是你们让我相信
爱是答案　能治愈心伤
在黑夜带给了我光明
爱是答案　爱是永恒
爱让我们走在了一起

不再好奇问这是为什么
平等的爱照亮天空

恪守初心

一声“学长”代表了真诚
带给我生活的希望
只要看到蓝色的海洋
感觉我们能坚持到永远
我们是一群梦想者
我们真心想让自己变得更好
在甘愿付出中让自己成长
在享受付出中成就自己
现在我一天天走上正轨
志愿者陪我度过最黑暗的时期
因为孤单的道路还漫长
而大家给了我力量
是你们让我相信
爱是答案　能治愈心伤
在黑夜带给了我光明
爱是答案　爱是永恒
爱让我们走在了一起
爱是答案　能治愈心伤
在黑夜带给了我光明
爱是答案　爱是永恒
爱让我们走在了一起
爱是答案　爱是永恒
爱让我们走在了一起

和韩磊《夜初升》

（2017年1月7日）

夜深沉
飞檐悬孤灯
雨忘停
树下尽缤纷
一山一景
万千风情呈
一人一诗
句句只言真
章水东流去
卧龙默默送征程
道源留常志
阳光普照处处春
恪守独立心
摇曳自由态
凤竹一杆玉宇澄

附　夜初升

韩磊

夜初升

白梅映红灯
雨骤停
繁花落缤纷
一星一月
万里如空空
一影一人
寸心若盈盈
章水西来意
卧龙飞瀑洗浮名
道源东去情
双秀之巅留山风
一切是自己
自己是一切
此为丫山春与冬

和志峰《冬梅》

（2017 年 1 月 12 日）

占先惹得百花嫉，傲骨何惧众人讥。
唯有真心不畏寒，留得暗香春光里。

附　冬梅

志峰

冬梅带露实堪怜，傲寒挂满铁骨间。
暗香袭人红欲滴，一枝独占天下先。

和老柴兜《丫山蜡梅》

（2017年1月12日）

晶莹剔透雨花心，芳华漫溪香雪凝。
乐在寒冬与风舞，一展妩媚艳满庭。

附 丫山蜡梅

老柴兜

雨珠凝露湿花心，梅蕊含香引蝶临。
共舞芳华同赏乐，度溪越涧入烟深。

满庭芳·丫山春

（2017 年 1 月 31 日）

丁酉正月初一，首都机场初稿；初四，厦门二稿

琴拨心弦，风轻兰香，双秀独喜孤松。云卷云舒，灵气寓长空。踏遍千山万水，看众生，来去匆匆。天行健，栈道逶迤，林间藏卧龙。

银河转旋空，缘起缘灭，尽在其中。冬雪化作春雨，万绿点红。怀云茶亭远眺，碧空净，处处东风。尽挥毫，诗与远方，雄关漫道重。

满庭芳·贺深圳开课五周年

（2017年2月11日）

2012年2月11日，北京大学公益讲座第一次走进深圳，其时是第55场。2015年10月13日，总第500场暨深圳第100场在深圳举办。今天是深圳开课五周年，课程已经开到683场。特填写《满庭花》一首，以示纪念和感谢！

辛丑年开，春到鹏城，细雨落尽初晴。书城馆楼，雅堂聚群英。一抹蓝色惊现，追梦人，一曲难平。喧嚣里，滚滚红尘，寻得一方静。

公益行善处，纯洁纯粹，尽美尽心。双秀沐岚雾，月满江清。天南地北足迹，达信愿，倩倩身影。凭阑久，慧命之旅，前路好光景。

江南谷雨

（2017 年 4 月 20 日）

于江西前湖迎宾馆

谷雨时分江南好，湖光水色古树新。
昨夜春雷惊谁梦，廊桥栈道鸟自鸣。

丫山颂

——献给 11 年来建设丫山的劳动者

（2017 年 5 月 1 日）

自然，是一位沉着的诗人
在大庾岭上写下优美的诗篇
历史，是一位伟大的舞者
在这片天空划出完美的曲线

呆呆地凝听
那无比绝伦的遗韵袅袅在山间
傻傻地凝望
那千变万化的流云悠悠在蓝天

丫山，是人生与岁月的交响
高贵气质与雍容华贵相连
丫山，是生命在诗意中灵动
具有现代元素却不失古典

丫山，深刻的亲密
源于自然界千万年的沉淀
丫山，轻柔的安详
来自对慧命的渴望与洞见

丫山，不可救药的浪漫
在美轮美奂中展现
丫山，难以诉说的情怀
把那宁静优雅突显

丫山，是人与自然写下的优美诗篇
丫山，是历史划出的一道完美曲线

和韩磊《点绛唇·丫山》

（2017年5月13日）

丫山雨后，林海漫漂岚雾。仲夏时分，百鸟花中舞。登顶俯视，逶迤来时路。举头望，天高云淡，襟开畅心舒。

附　点绛唇·丫山

韩磊

恰是雨后，岚雾随风舞蹈。正值仲夏，鸟惹百花恼。凭栏远眺，丫山最多娇。回眸笑，家路迢迢，风光无限好！

江西公益行

（2017年6月20日）

南国五月细雨绵，赣水江风卷珠帘。
滕王阁外望秋水，红谷滩中话清泉。
梅山坡上翠竹秀，牯岭街边美食鲜。
慧命之歌歌一曲，人间正道尽开颜。

注：6月9日，到达英雄城南昌，10至11日在南昌红谷滩商联中心开讲第一阶“从生命到慧命”（完整版）、第二阶“光明圆融善”（完整版）；12日与志愿者登上梅岭，参观20世纪70年代林彪别墅和防空洞；13日，丫山国际志愿者村艺术团，在江西话剧团超豪华的剧院上演出了北大公益讲座原创的《慧命之歌》诗歌音乐舞剧；14日上庐山，15日至19日，在庐山举办了一二三阶的课程。时光流淌，收获满满；童心可鉴，童真可贵。回顾六年多来，公益路上与众多志愿者一路同行，只是为了回到那个纯真的充满正能量的年代……不禁感慨万千，在从南昌飞往北京的途中，写下此诗记之。

为什么

（2017 年 6 月 25 日）

我一直在寻问
一直在问苍天
这一切究竟是为什么

我一直在追问
一直在问大地
这一切究竟是为什么

既然堪称万物之灵
为什么人会如此茫然
不知道生命为何而来

既然是天地之精华
为什么人会如此惆怅
不知道今生归于何处

我从哪儿来
要到哪儿去

生命的意义究竟要去问谁
仰问苍天

星汉竟然无言

我从哪儿来
要到哪儿去

生命的意义究竟要去问谁
俯问大地
山川依然无语

是谁在言
道法自然
一切终究归于道

是谁在语
上善若水
万事皆空善不空

我一直在自问
默默地问自己
有没有一个终极答案

声声慢·大理古都

（2017 年 8 月 11 日）

2017 年 8 月 8 日至 11 日，科瑞集团 4 名创始人相聚大理，共同分享 25 年来的风风雨雨和情义故事。

大理古都，苍山洱海，相聚红龙井滨。细雨秋风，恰似兄弟情深。嗟叹鬓丝泛雪，喜闲身、谈笑古今。思溯远，忆春潮如歌，尽染层林。

但看涓水溪流，正静静迂回，从容精进。故友新人，道是那抹舒云。庭院深处莲池，念桃花、放歌抚琴。待去也，廿五载，恪守初心。

后　记

据说，很多人买书时，总要先看一眼后记，读书也是从后面看起的。如是后记显得很重要。也因此，本不想写后记，最后还是决定写。

在我看来，“人生六十才开始”，不是一句励志的话，而是生命的真实写照。六十了，耳顺了，眼也顺了，观察这个世界，都看得过去：“嗯，是这样，一切都合于道。”到了六十，看一切都正常、平常。眼前见到的所有人，其实都在道上：前后左右、官职高低、钱多钱少、东突西进、南下北上、享受磨难、励志图强、拼搏奋进、纠结挣扎、继续折腾、助人为乐、维权抗争、啃老月光、宅男宅女、广场健身、休闲养生、发挥余热……人们无不在寻找着适合自己的人生旅途。如果看不惯，是自己不正常。

到了六十，当一切都能看得惯了，于是就都了解了：“人生，因为这样，所以这样。”这叫“了悟因缘”。六十岁，本来就应该这样平静平淡、从容不迫、不急不怠，这就叫“新的开始”，从此告别过去的自己。

恪守初心

十年前，当我过完五十岁的生日，就知道自己离六十岁不远了。于是，似乎有了些人生的紧迫感，开始准备为六十岁之后的生活做点什么。正如农耕时代，秋天要为冬天藏些东西那样。一直到了2011年，五十四岁了，终于找到了这件事——北京大学公益讲座——可以让自己六十岁之后，还会有一拨人愿意在一起玩精神上的一点事儿。

一晃，六年就过去了，经历了近750场的锤炼，现在北大公益讲座可以为百十号人，持续开讲42小时，而且不需要讲稿，不让人犯困。这件事的确越来越好玩了。

北大公益讲座，对我的一个最大帮助是：满脑子的奇思怪想，很快可以做成课件，利用声光电技术，让电影、诗歌、音乐、朗诵、音频、视频等，统统进入课程，从而创造出了一种全新的，可以称之为“场景式互动教育”的平台，至少在形式上真正实现了“共同学习，共同成长”的现场效果。所谓“自由是创造的前提”，在这件事上得到了充分的印证。

“文以载道，美文传道，以文修身”，是北大公益讲座提出的“三文主义”。而就个人而言，借助马化腾的微信，我在这个平台上的重要收获是：不断地留下了一批文字。与其说，这是自我学习的成果，不如说是坚持学习的内在动力。“为用而学”、“因思而写”，是一种收效最显著的学习方法，尤其是对于成年人来说，因为，这样的学习过程，兴趣盎然，同时收获无穷的快乐。

这本《恪守初心》是继《诗与远方》之后，整理的一部分关于北大公益讲座的文字，系2015年7月至2017年7月间写的随笔和诗词的结集，全部文字都在北大公益讲座公众平台、新浪博客、搜狐博客、微信朋友圈上发表过。

之所以最后确定书名为《恪守初心》，是因为这两年来，回顾自己过往的人生：16岁离开父母，农、兵、工、学、官、商、学的人生际遇，尽管历经坎坷，千辛万苦，百般磨难，却总是时常想起童年的梦想，并且发现：内心深处的那颗初心依然未改。所谓“返老还童”，我想大概就是这个意思，转了一大圈，还是当初的自己最可爱！每当听到有人说“梓林，你变得越来越可爱了”，总是不由得生出一种欣慰：所谓修行，就是修自己，让自己回到童年，回到童真，回到人之初。

承蒙当代中国出版社长达十二年来对我的厚爱，《我们共同走过》丛书得以持续出版，是一种信任，更是对北京大学公益讲座的支持。感谢责任编辑对这本书的付出和努力，更要感谢有缘翻开此书的每一位读者。

2017年7月11日，于北京市朝阳区北纬四十度